無職独身アラフォー女子の異世界奮闘記　2

登場人物紹介
佐藤梨絵《さとうりえ》／リエス
35歳アラフォー。無職独身、恋人無し。気づくと異世界に紛れ込んでいた。不思議なカバンを頼りに、アラフォーの知識を生かして生活中。
ラト
負傷した際にリエスに助けられて以来、恩人のユータに似ていると懐いてる。リエスのことを少年と誤解している。リエスの作るうどんに夢中。
シャルト
セバスール伯爵子息。グランラ使節団にアドバイザーとして参加している。生真面目な委員長タイプで、リエスを慕っている。

ガンツ王

グランラの王。退屈王とも呼ばれている。面白いことを常に求めているというが……。

薔薇のリエス

リエスが、ウィッグ＋カラコン＋別人メイクで変装した時の姿。

サマルーシェ

グランラ使節団の団長。国から派遣されており、文官を務めている。

トゥロン

グランラ使節団の護衛の一人。ただのリエスの姿を“女神”と称し崇めており、要所要所で助けをくれる。

木《き》元《もと》裕《ゆう》太《た》
（ユータさん）

ラトの恩人であり、日本人。異世界から日本に戻れたようだが!?

目次

■プローグ

木元《きもと》　裕太《ゆうた》様

拝啓

初めてお手紙差し上げます。

佐藤梨絵《さとうりえ》と申します。

突然のお便り、失礼いたします。

私は今、キュベリアのミリア村近くにある山小屋に住んでいます。

ここに、昔木元さんが住んでいたとラトから聞きました。

ラトは、他にも懐かしそうに木元さんのお話を色々してくれます。木元さんが作ったうどんが忘れられなかったようで、私の作ったうどんを食べに頻繁《ひんぱん》に山小屋に来ています。

先日、ラトから木元さんの連絡先をいただきました。それで、こうしてお手紙を書いている次第です。

単刀直入にお願いします。
私は、日本へ帰りたいのです。
日本への帰り方を教えてください。

幸い日本とこちらの世界をつなぐカバンを通して、手紙や電話でのやり取りが可能です。
ご連絡をお待ちしております。

敬具

佐藤梨絵

電話番号　０９０－＋＋＋＋－＋＋＋＋
メールアドレス　satou_rie201@＋＋＋＋＋＋＋＋
住所　東京都台東区＋＋＋＋＋＋　サンコーポ二〇一号室

■第一章　キュベリア王との謁見

早速《さっそく》、ユータさんへの手紙を書いた。だけど、何を書いていいのか分からず、何度も書いては直し、書いては直した。で、結局簡素な手紙になってしまったけど、まぁいいよね？

伝えたいことは、伝わるよね？

あんな簡素な手紙なのに、夜中までかかったんだよね。

うは～眠い。

でも、今日は雨だ。

雨の日は、マーサさんのお店を休ませてもらうことになってるから、今日は小屋でのんびりしても大丈夫。

……のんびり……。

ううん、のんびりじゃないなぁ。ぼーっとしてる。

魂が抜けたという感じだろうか。

頭も心もからっぽ。

日本に帰りたいけど、帰れないかもしれないっていう恐怖があった。

どうすれば帰れるんだろう、いつ帰れるんだろう。帰れなかったらどうしようって、不安とか焦りとか色々な感情がぐるぐるしてて……。

それが、あまりにもあっけなく、帰り道が見つかりそうで。

ホッとした？

嬉《うれ》しい？

少し寂しい？

感情がぽっかり抜けちゃって、頭も働かなくて。

ああそうだ。緊張の糸が切れたっていうやつかな。

手紙を書かなくちゃと思っていたときまでは、まだ精神が張ってたんだけど、書き終わったとたんに力が抜けちゃった。

ぼんやり屋根を打つ雨の音を聞いているうちに、なんだか眠くなってきた。

いいや、寝ちゃおう。おやすみ。


「ん？　今、何時かな？」

久しぶりに二度寝をしたなぁ。

ハイジベッドじゃなくて、山小屋の板間に座布団で寝たから、体が痛い。ギシギシの体を伸ばす。

携帯を取り出し時間を確認すると、まだ朝の十時だった。

携帯を取り出したついでにメールチェック。

実家の妹からメールが来ていた。「荷物届いたよー」というタイトル。

『早速パンに塗って食べた！　おいしいってみんな大満足！』

相変わらず短いメールだ。

メープルシロップを送ったのが届いたらしい。おいしいと言ってもらえてよかった。自分で作ったものだけに、嬉しさ倍増だね。

もちろん、私が作ったとは内緒。仕事関係でいっぱいもらったからと手紙を添えて送ったのだ。

こうして、荷物を送ったり、メールしたり、電話したりできるんだから、異世界にいるとは思えないね。

会うのは無理だけどさ。

異世界というよりは遠い海外に住んでるみたいだ。

日本に帰れば、私は「もういい歳」で「無職」で「独身」だ。

貯金だって少ししかないし、容姿だって中の中というか、年々衰えていくわけで。

どこをとっても「負け犬」と哀れむ目を向けられる存在。凹。

ところが、ココにいれば、私は「(見た目は)まだ若い」し「(無職だけど)金持ち」だ。王族とかセレブと会ったこともあるし、日本のメイク技術のおかげでまずまずの容姿と評価されてる。

もういっそ、海外移住したつもりで、異世界移住しちゃう?

そうだなぁ、セレブ御用達の美容師にでもなれば、生活安定しそうだし。

……なんて考えちゃうのは「帰れる」と思えばこその発想だよね。

帰れるからこその、心の余裕?

帰ろうと思ったときにいつでも帰れると思えばこそ、好きなだけこちらにいようかなみたいな?

いやいや、だめだ。

ここでもやっぱり独身のままだし、こっちの世界じゃ相手を見つけて結婚なんてできないもん。

結婚しちゃったりしたら、それこそ帰れなくなっちゃうからさ。

やっぱりさっさと日本に帰らなくちゃね。歳を取れば取るだけ結婚が難しくなっていくんだから！

だって、私、もうアラフォーだし。凹。

帰ったら、まず実家に行って、お見合いあったらよろしくと言わなくちゃ！　いや、結婚相談所へ登録した方がいいだろうか？　アラフォーになると入会金とか高くなるんだよね、確か……凹。

さて、せっかくの休みだし、ぼーっとしたまま一日過ごしたらもったいないよね。何しようかな？

雨の音は、まだ続いている。

ふと思いついて、カバンの中に頭と手を突っ込み、ビニール紐を手に取る。

冬はコタツになるテーブルの足に、ビニール紐の端を結びつけ、ちょんと床を押して空間のつながりを移動させる。風呂まで来ると、ビニール紐を適当な長さに切って、ドアに結ぶ。

テーブルに戻って、もう一度テーブルの足にビニール紐を結び、今度はもう一方をキッチンの食器棚の取っ手に結びつける。

そうして、テーブルを基点として、部屋の四方八方にビニール紐を張り巡らす。

テーブルの足に括《くく》ったビニール紐に、キッチン、風呂、玄関など、もう一方の場所を書いた紙をテープで貼りつける。

「よし、これで、つながりを移動させるのに目的地につながった紐を軽く引っ張るだけでいい」

試しに、玄関と書いた紐を引くと、玄関に向かってつながりがすぅーっと移動する。

うん。便利便利。

それにしても、つながりが移動してよかった。

せっかくつながっていても、トイレに固定とかだと悲しいもんね。携帯の充電すらできなかっただろうし……。それこそ、トイレの窓から顔を出して助けを呼ばなくちゃならない事態だったよ。

っていうか、宙に浮いた顔が助けを呼んでいる図、想像しただけでホラーだ。

助けに来てくれた人が、逆に助けてーって逃げていくよねぇ……。

あれ？

つながりは移動するんだよね？

ユータさんが帰ったのは、五年前。

五年間、ずっと同じ位置にあるものなのかな？

移動してたりしない？


そうだよ。ユータさんと連絡が取れさえすれば百パーセント帰れるわけじゃないんだ。

アラフォーなめんなぁ！

安易に楽天的な考えなんて持たないんだよ！「何とかなるなる～」なんて言えるのは、二十代前半のうちだけ！　ちゃんとしなくちゃ、なんともならないんだから！　自分の将来のことは、誰も面倒なんて見てくれないんだからね！

貯金は少ないけど、保険はがんばってるよ！

そう、将来に備えて保険選びはちゃんとしなくちゃ！

もしも、ユータさんから帰り道を教えてもらっても、帰れなかったときの保険も掛けておかなければ。

つまり、すぐに帰れない場合のために、こっちの世界での生活の基盤を整えること。いつまでもマーサさんに甘えっぱなしでいるわけにもいかないし、冬になって雪が降ったりしたら、山小屋生活は厳しいだろう。

それから、サンコーポ二〇一号室とのつながりを維持するために、日本円を稼ぐことも忘れてはならない。

もちろん、帰り道を探すための情報収集も継続しなくては。

それから、帰り道を教えてもらえたときの準備もしなければ。

ユータさんからの返信を待ちながらも、準備を整えることはできるもんね。まずは旅支度だ。

もし、ユータさんが教えてくれる帰り道が、最後にユータさんが向かったというサパーシュ領にあるならば、長旅になる。

ピッチェへは、使節団の一員として、護衛付き、食事付き、宿付きの馬車の旅だった。けれど、帰るためにサパーシュ領へ行くには徒歩の旅になるはずだ。しかも、何日かかるか分からない一人旅だ。この世界での徒歩の旅について知り、しっかり準備する必要がある。

それから、日本に帰った後のことも考えて、就職情報のチェックも怠るわけにはいかない。

再びカバンに頭を突っ込み、ＰＣ電源ＯＮ。

就職情報のページを開いて、すぐに閉じる。履歴書送っても、面接に行けないんだった。

次に、オークションをチェックする。銀貨の入札は好調。

そして、一つ質問が来ていた。

『本当に、送られてくるんだろうな？　どうやって送るつもりだ？』

なんだ、この質問は。

『入金を確認後に、発送させていただきます。郵便かメール便等が不安でしたら、簡易書留等も可能です』

あれ？　書留とかって、自宅集配でできたっけ？

郵便やメール便などは、小包と一緒なら自宅集荷してくれるらしいけど……。

まぁいいや。いざとなれば、こちらで送料一部負担して安全な郵送方法調べて提案しよう。

銀貨はたくさんあるし、もし郵便事故にあっても代わりのものを送ることができますって言った方がいいかな？　日本円が減るのは痛いもんなぁ。

質問に回答すると、しばらくしてその人から入札が入った。

すでに落札され、入金が確認できた銀貨の発送準備を整える。

それから、評判の良かったメープルシロップを箱に詰めて、送り状に実家の住所を書き込む。自宅集荷を頼むには小包を頼まなくちゃいけないから。うーん。それにしても、いつも同じものを実家に送るのは変だよねぇ。送る中身とか考えなくちゃなぁ。送り先も、実家以外にも考えないと……。送料節約を考えると、オークション関係で小包を使ったほうがいいよね。銀貨以外の大きな物もまた考えないと駄目かな。

自宅集荷で、オークション落札品三つ、実家への小包、それからユータさんへの手紙を持っていってもらう。


早く返事が来ますように。

くあーっ。流石《さすが》に、カバンに頭突っ込んだ不自然な姿勢での作業を長時間続けると疲れる。

まだ、一人旅のために色々通販したいけれど、それはメモだけしてまた今度にしよう。


一人旅のために、買うもの。

SPF五十以上、PA++++の日焼け止め！

ほら、日焼けイコールシミになるアラフォーですから。凹。

あとは……えーっと……。

まぁいいや。少しずつ考えよう。

手紙の返事がいつ来るかわからないけれど、旅への出発は早くても一ヶ月後と決めた。逸《はや》る気持ちを抑えて慎重に準備しないと、痛い目にあうかもしれないから。

もしかすると、個人で警護の人を雇って、一人旅じゃない形で目的地を目指したほうがいいのかもしれない。そういうことも含めて、この世界の旅事情に関する情報収集は絶対必要だよね。

誰に聞いたらいいのかな？

何はともあれ、体力は必要だ。明日から街の皆と一緒に縄跳びしよう。

次の日、マーサさんの店に行くとまた木の板を渡された。城からの遣いの騎士からだそうだ。

もちろん、ただの板切れではない。この世界の手紙だ。

正直、またかよと思ったけれど、一度関わってしまった以上仕方がないと諦める。

シャルトからもらった文字の表を見ながら読む。

要約すると『ピッチェとの関係改善に活躍を見せたので、王様直々にお褒めの言葉がある』ということと、『グランラへの使節団に参加してほしい』ということだった。

グランラってどこ？　とマーサさんに尋ねたら、ピッチェの西側だと教えてくれた。

北側を上とした地図を書いた場合、大陸の西半分がアウナルスだ。東は上中下におよそ三等分し、上段の左がグランラ、右がピッチェ。中段がキュベリアで、下段がトルニープということだ。

今、西の大国アウナルスに対抗するために、キュベリアは東の諸国で同盟を結ぼうとしている。

レイナール女帝の治めるピッチェの次は、グランラへの使節団か。

うまくいけば、次はトルニープへの使節団にも混ぜてもらえるかもしれない。

日本への帰り道のあるサパーシュ領、その先が、トルニープだ。

使節団としてトルニープに行けたら、ラッキーなんじゃないだろうか？　だって、サパーシュはトルニープへ行く通り道にあるんだよ？

使節団の役目を終えたら、帰り道の途中で、サパーシュ領で降ろしてもらえばいいんだよね？

やっぱり、徒歩一人旅より、護衛食事宿付き馬車の旅だよね。

よーし、トルニープ使節団に参加させてもらえるように、グランラの使節団として頑張って功績を挙げるぞ！

もし、必要とされている役割がメイクであれば、それなりになんとかなるかもしれない。

……だめだったら、どうしよう？

失敗したら……。

きゅっと、少しだけ不安がこみ上げてくる。

ううん、もし功績を立てられなくて、トルニープ使節団に参加できなくても、もともと一人旅の予定だったんだから何にも問題ないよね？

頑張れ、私！

また、薔薇《ばら》のリエスとして、ウィッグ＋カラコン＋フルメイク生活がしばらく続くのかと思うとちょっぴり気がめいるけど仕方がない。

「リエス、大丈夫かい？」

木の板の手紙を読み終えた私が、独り百面相をしているのをマーサさんが心配そうに見ていた。

「大丈夫です！　ちょっと色々と考え事を……」

「そうかい？　まぁ、緊張するなって言うほうが無理だろうねぇ。王様の前に出るんだもんねぇ」

マーサさんの言葉に、息を呑む。

そうだった！　グランラ使節団の前にそれがあった……。

いやだなぁ。別に直々に褒めてくれなくてもいいんだけど。まぁでも、適当に大人しく頭下げておけばあっという間に終わるよね？　サマルーや、使節団のほかの面々もいるらしいし。

「しかし、随分と急な話だね。明日が謁見《えっけん》で、三日後には使節団として出発かい。色々と準備もあるだろうから、今日は早くお帰り。手伝いも、使節団が終わるまでは気にしなくていいからね？」

「大丈夫です」

「大丈夫じゃないよ、王様に会うんだから、さぁ、帰って準備しな」

マーサさんに背中を押され店から出されてしまった。

「ありがとうございます」

マーサさんにお礼を言って山小屋へ帰る。

明日の謁見の準備ねぇ……。

カバンの中を確認。

カラコンOK。

ウィッグをブラッシング。

それから、カバンからドレスを三着取り出す。

一つは、マーサさんとルーカが用意してくれた、薔薇飾り付きのドレス。

あとの二つは、ピッチェ使節団を終えたときにシャルトから貰ったドレスだ。


「リエスさんのために準備したドレスです。どうぞ、受け取ってください」

と、シャルトが使節団の時に用意したクローゼットいっぱいのドレスを後で家に送るって言うんだけど……。

貴族じゃあるまいし、そんな大量のドレス、置く場所にも困るよ！　っていうか、着る機会ありませんから！

そもそも、ピンクにひらひらフリルに大きなリボンとか……アラフォーには痛すぎるドレスが多いのは、シャルトの趣味でしょうか？

「気持ちはありがたいのですが、置く場所もありませんので……」

と、やんわりと断ると、シャルトはシュンとした表情を見せた。

うーん。初対面のときは、こんなにも感情を表に出すようには見えなかったんだけどなぁ。いや、違うかな？　小さな表情の違いを私がよく感じ取ることができるようになったのかな？

シュンとしてしまったシャルトに何と声を掛けたらいいか分からず困っている私を見かねてか、傍に控えていたアジージョさんが口を開いた。

「シャルト様、ドレスはシャルト様のお屋敷でお預かりするということでいかがでしょうか？」

うっ。しまった。置く場所がないという理由で断ることができないじゃないか。

アジージョさん、どちらの味方だ？

アジージョさんは、ニヤリとして言葉を続けた。

「リエス様には、ドレスが必要な時に、いつでもお屋敷に来ていただくということにしては？」

アジージョさんの言葉に、シャルトが目を輝かす。

「そうですね」

そんなに、目をキラキラさせて……。そこまでドレスを私に受け取ってもらいたいのか！

まぁ、そりゃ私のために作ったドレスを、別の人にプレゼントしてくれと言われても困るだろうけど……。

伯爵家としての面子とかもあるだろうから、使いまわしなんてできないよねぇ。

「リエスさんのドレスは、屋敷で預かります。リエスさん、いつでもお屋敷にいらしてください」

うう、もう、クローゼットの中のドレスの持ち主は私に確定ですか。

セバスール領はもちろんのこと、王都にあるシャルトの屋敷にだって、そう簡単に行けないんだけど。

……。

頑なに拒んで面子を潰すわけにもいかないよね。

アラフォーなめんなぁ！　時と場合に応じた「社交辞令」だって習得済みだ！

「ありがとうございます。必要になりましたら、遠慮なく使わせていただきたいと思います。その際はお屋敷までのお迎えもお願いしてもよろしいですか？」

まぁ、必要になることなんてないだろうけどね。

「もちろんです！　いつでもいらしてください！」

いや、だから多分、ドレスが必要になることもないと思うけど……。そんな期待に満ちた目をしないで……。

シャルトに続けて、アジージョさんも言葉を発する。

「私たちもリエス様にお会いするのを楽しみにしています。今度いらっしゃるときには、是非《ぜひ》お屋敷でごゆっくりなさってくださいね。シャルト様と共にお待ちしておりますから」

私も、せっかく仲良くなった「アラフォー仲間」とまた会いたいけど……。なんだかアジージョさんの言葉にはいい知れぬ圧迫感があるのは何で？

「ありがとう、アジージョさん。ですが、シャルト様はまだこれからお仕事で忙しいでしょうから、あまりご迷惑をおかけするのも……」

使節団団長として成功を収めたのだ。これからまた色々と重要な仕事を任されることもあるだろう。それに、「次期セバウマ領領主」として学び、仕事に励む大切な時を邪魔するつもりはない。

「リエスさんのことを迷惑に思うはずはありません」


シャルトが、真っ直ぐな目で私の目を見てる。


ああ、またシャルトの時が止まってる。じっと見つめられたまま、背中に汗が……。

社交辞令で切り抜けられない場合は、どうしたらいいんですか？　教えて、偉い人！

その後、冷や汗をいっぱいかきながら、クローゼットの中から二着のドレスを持って帰ることになった。

名目はシャルトのお屋敷を訪れるときに着るためのドレスだ。


カバンの中から出したドレスに、皺《しわ》がないかチェックする。今回はありがたいことにそのドレスが役に立ちそうだ。王様に謁見するのに、みすぼらしい格好をしていくわけにはいかない。

一つは水色のドレス。もう一つは赤。……。

赤は派手だよねぇ？

そういえば、シャルトの誕生日会でラトは赤い服を着ていたな。やっぱり、アレくらい立派な顔じゃないと赤は似合わないよ。うん。ラトの金ぴかの髪に、青い瞳、端整な顔立ちに赤い服は本当によく似合ってた。どこぞの王子様みたいだったな。

……あれで、皿を持ってがつがつ食べていなければ完璧なのになぁ。

ドレスを、大きな袋に皺にならないように入れる。流石に、いつものカバンの中に入りそうもないボリュームのものを、カバンから取り出すわけにはいかない。ドレスをもらったときに入っていた大きな袋に入れて背中に背負って運ぶのだ。

謁見の準備終了。あっという間に終わってしまった。

ああ、やっぱりマーサさんのお店のお手伝いをさせてもらえばよかった。やることないよ？　やることないと、王様に会うなんて緊張する～って、胃が痛くなる。

次はグランラ使節団としての準備をしよう。出発は三日後だったよね。

長いこと小屋を空けるといえば「うどんの作り貯め」必要だよね？　ラトの「少年、うどん、うどん！」という顔が思い浮かぶ。

他に準備といえば……ああそうだ、グランラ使節団として功績を挙げるために、何かできないか考えよう。だって、ピッチェのときだって、結局メイクはただの足がかりで、石鹸が功を奏したんだし。

何かないかな？

石鹸のように、こっちの世界であまり見かけないもの……。

メープルシロップ？　たくさん作っておく？

うーん。他に何かないかなぁ？

えーっと……オーパーツにならないように、こちらの材料と技術で作れるもので……。文化レベル的にあっても不自然じゃないもの……。

そうだ、アレにしよう。アレを作って隠し玉にしておこう。必要がなければ出さなければいい。

山小屋の外に出て、使えそうな雑草を引き抜く。

大鍋に、雑草と囲炉《いろ》裏《り》の灰を入れてぐつぐつ煮る。

うまくできるかな？

数年前にボランティアで参加した体験教室で覚えた方法なんだけど、随分煮込まなくちゃいけない。

煮込んでいる間にうどん作り。

旅の間に、ラトが飢えることがないように、いっぱい乾麺を作っておかなくちゃ。

って、飢えるわけないじゃん。ラトはどこぞのボンボンだぞ。家に帰れば、きっとご馳走三昧に違いない。

……とは思うものの、お腹を空かせて「少年～うどん～」と涙目になっている姿しか想像できないのは何故《なぜ》だ？

！

まさか、これが呪いのコインによる呪いなのか？　……恐ろしい。

うどんを寝かせている間に、今度は煮あがった雑草を布にくるんで叩く。

いや、叩くの大変なので、背が低くて幅広のシーソーみたいなものを用意。片側でジャンプすると、反対側の錘《おもり》が上げ下げされて、雑草の上をドスンドスンと叩くような効果がある。徒歩の旅をしなくちゃいけなくなった場合を考えての体力づくりも兼ねているんだよ。ジャンプジャンプジャンプジャンプ。

「はぁー、はぁー」

き、きついです。

そういえば、トランポリンダイエットってあったなぁ。ジャンプするってかなり体力消耗しますね。素直に叩いたほうが楽だったかも……。

体力づくりは明日からでもいいかな？　意思の弱いアラフォーですが、何か？　凹。

叩き終えた雑草を、今度はすり鉢に入れてすりこぎでごーりごーり。ミキサー使うと楽なんだけど、オーパーツは封印。

あとは、小麦粉で糊を作ってと。

鍋に水と小麦粉を入れて火を入れる。とろとろになったところで火から下ろして冷ます。

そこへ、ラトが来た。

「ん？　今日の料理は、なんだ？」

ちょっと目を離した隙に、ラトは冷ましていた小麦粉糊に手を伸ばす。

それ、食べ物じゃないから！

食べるな！

お前は、舌切り雀の雀か！

味がないって？　当たり前だ！

「それ、食べ物じゃないから」

「少年、早く言うのだ！」

いや、言うより前に勝手に食べたでしょ？

「ちょっと待って、食べるもの用意するから」

素直にちょこんと座って待つラト。

ちょうど寝かせ終わったうどんの一部を、伸ばして切って茹でてから、野菜や肉と一緒に炒める。

今日のメニューは塩焼きうどんです。

出来上がった焼きうどんをパクパク食べるラトを見ながら今後のことを伝える。

「また、近いうちに旅に出るよ」

私の言葉に、一瞬ラトの手が止まる。

でも、なんでもないことのようにすぐに食べるのを再開する。

黙々とうどんを食べるラト。

何処《どこ》へ？　とも聞かないのは、「故郷へ帰る道を探している」という答えを聞きたくないからだろうか。

そういえば、ユータさんへの連絡先の板をもらってから顔を合わせたのは初めてだもんね。

「でも、帰るわけじゃないから、一～二ヶ月で帰ってくると思う」

「そうか」

ラトは顔を皿から上げると、ニッコリと笑った。

まさに満面の笑みだ。

分かりやすいな。ここに帰ってくると聞いてホッとしたでしょ？

「おかわり！」

ラトは二回おかわりをして帰っていった。あいかわらずの食べっぷり。

ラトが帰ってから、隠し玉製作の続きに取り掛かる。

ちょうど冷めた小麦粉糊と水と雑草ジュースをタライに入れる。

ちょっと不恰好だけど手作りした巻きすを木枠にはめ込む。すくう、はがす、絞る、干す。すくう、はがす、絞る、干す。

何度か繰り返して、小屋の回りにいっぱい干すための板を立てかけた。雨はすっかり止んで今日はとてもよい天気だ。天日干《てんぴぼ》し。どうなるかなぁー。

さぁ、休むまもなく、寝かせておいたうどんの生地の残りを延ばして切る、干す。延ばして切る、干す。

いっぱい働いたので、明日の謁見のことを心配して眠れないということはなかった。疲れたので、ぐっすりです。


王様との謁見の日の朝、例によって、マーサさんのお店の二階を借りて薔薇のリエスに変身。

変身が終わった頃、トゥロンが馬に乗って迎えに来てくれた。

「トゥロン、今日もよろしくお願いします」

「もちろん、我が女神の守護するリエス嬢をお守りできるなど、至極光栄にございます」

まるでマントを翻すかのように腕をばっと振り、胸の前に差し出した。トゥロンは相変わらず面白い。

くすくすと笑う私に、トゥロンは騎士のような敬礼を一つした。

「シャルト様より伝言をお預かりしております」

そう言うと、胸元のポケットから、ハンカチを一枚取り出した。

「仕事があり、迎えに伺えず残念です。お会いできるときを楽しみにしています」

差し出されたハンカチには、薔薇の刺繍がしてある。……。シャルトの中では、どこまでも「薔薇が似合う女性像」らしい。

それにしても、別にシャルトが迎えに来られなくてもぜんぜん気にしてないんだけど……。

「ありがとう」

ハンカチを受け取りお礼を言う。

貴族は、こういうシャレたことが似合うね。

「お礼は、シャルト様本人に頼みます」

何故か、トゥロンは懇願気味な口調だ。

ん？　もちろんシャルトにも後でお礼を言うけど、何故懇願？

「それから、リエスの嬢ちゃんに頼みがあるんだが、聞いてくれるかい？」

トゥロンが私に頼み？　ってか、またリエス殿から、リエスの嬢ちゃんに呼び方が戻りました。

何の基準なんだろう？

「これを、我が女神にお渡し願いたい」

と、髪を団子にまとめたときにかぶせる飾り布を渡された。

「え？　女神に？　……でも、どうして？」

私の問いに、トゥロンがウィンク一つ。

「女性に贈り物をするのに、理由を聞くなんて野暮ってものだぜ、嬢ちゃん」

はいはい。そうですか。

まぁ、トゥロンのことだ。色々な女性にしょっちゅう贈り物してそうだもんね。

そういえば、ピッチェではオレンジと薔薇をもらったっけ。

っていうか、もらいっぱなしの、世話になりっぱなしだなぁ。今度、女神からトゥロンへ何かプレゼントしよう。何がいいかなぁ？


王都に入ると、そのまま城へは向かわずに、シャルトの誕生日会が行われたセバスール伯爵家の屋敷に通された。

今日は、私だけではなく、ピッチェ使節団に対して王様からのお褒めの言葉があるらしい。使節団のメンバーは先に城へ集まり、グランラへ向かうための準備を始めているそうだ。

私だけ何故一度この屋敷に？

「いらっしゃいませ、リエス様」

執事に案内された二階の客間にはアジージョさんがいた。

久しぶりに会ったアジージョさんは、私の教えた美容法をいくつか実践しているようで、以前会ったときより五歳は若く見える。

「こちらで、お召しかえを」

と、アジージョさんに言われて続きの間に通される。

「えーっと、アジージョさん、着替えって？」

ちゃんとシャルトにいただいたドレス着てきたけど？　と首をかしげていると、アジージョさんが説明してくれた。

「本日は、正装していただきます」

正装？　ドレスには、普段着用、夜会用など、色々な種類があるらしい。

そんなの全然分からないんですが？　何が違うんですか？

え？　外国の人が留袖と振袖と訪問着の違いが分からないようなもの？

あのね、留袖は既婚女性、振袖は未婚女性の正装なんだよ？　だから、私はまだ振袖……。

痛い、アラフォーの振袖は痛い。でも大丈夫！　そんな時には、色留袖っていう便利なものがあるんだよ。

って、大丈夫じゃないよ！　いつか私も既婚女性が着る黒留袖着てやるんだからね！　……凹。

アジージョさんが手にしたのは青い薔薇のドレス。この青は、カラコンの色に似てるみたいだから、瞳の色に合わせてしつらえたのだろう。

しかし、これでもかって、大小の薔薇がついてるのは「薔薇のリエス」推進委員会でもできたのでしょうか？

王様に謁見するのに、失礼があってはいけないので、多少の躊躇《ちゅうちょ》はあったけれどありがたくドレスは受け取り身につける。

ドレスのデザインに合わせて、多少メイクを手直しする。

屋敷から城までは、セバスール伯爵家の馬車で行くことになった。

馬車の中で、アジージョさんから今日の流れを教えてもらう。元々城から派遣されていたサマルーたち官吏は、すでに城の一室で控えているそうだ。そこに、シャルトとセバウマ領の文官数名と私が合流し、全員で謁見の間に移動するらしい。

謁見の間では、疑問に思うことがあっても、話しかけられるまで口を開かないようにと、ろくに作法を知らない私に、アジージョさんがアドバイスをしてくれた。

城に着き、サマルーたちと合流し、控えの間でお茶を飲んだ後に、謁見の間に呼ばれた。

うはー。緊張する。

大きな扉を、左右に立つ騎士が押し開ける。

五〇メートルプールがそのまま入りそうなくらい広い部屋の、一番奥に王様が座っているようだ。

左右の壁には、ずらりと人が並んでいる。警護の者、騎士、官吏、侍女。

あまりキョロキョロしないように、真っ直ぐ前だけ見て歩いていく。

が、何か違和感を感じる。

人の視線が、浮ついている？　とても王の前に立ち並ぶ人たちの視線には思えない。ふわふわとしている感じがするのだ。

正面に座る王の顔を盗み見る。

たしか皇太后様が、三十をいくつか超えたと言っていたが、見た目もそのままそんな感じの年齢に見える。

薄い茶色の髪に、口ひげを生やしている。年よりも上に見られたい人間が無理をして生やしているようなひげだ。

不意に、強い視線を感じて、思わず脇をちらりと見てしまった。

あっ。やばっ！

見なければよかった。

見つけてしまった。

そこには、ラトがいた。

騎士の服装に身を包んだラトの姿が。

ラトはなんともいえない間抜け面をして、薔薇のリエス姿の私を見てる。

「やはり、また会えた！　運命だ！」とか思ってないでしょうね？

視線をはずすも、あまりに強い視線が気になって仕方がない。

今にも「会いたかった～」とか駆け寄ってきたらどうしよう？　陛下の前でそんなことしたら、ラトはどうなっちゃうの？

頼むぜ、ラト、血迷うなよ！　という気合いを込めて、ラトに視線を送る。

王の前まで来ると、深く頭を垂れた。

「今回の件、ご苦労であった。話は聞いておる」

頭を垂れながらも、気になるのはラトの方で、ちっとも王様の声が耳に入らない。

それに、やっぱり何か変だ。王様の言葉には力がない。教科書を読んでいるみたいで、誰かに言わされてる？　そんな気がして余計に耳に入らない。心に響かないのだ。

集中できないから、斜め後ろに見えるラトの姿を確認してしまう。

こっち、見すぎだろ！　ラト、仕事仕事！

って、私もラトを気にしすぎだよね！

「もう、よかろう？」

すると、突然教科書を読むような口調が一変。感情の篭《こ》もった声で、王様が周囲の人間に声をかけた。

「その者は、先ほどから私のことよりも別の方を気にしておる。誰の目にも明らかであろう？」

冷や汗が背中を伝う。

その者って、私のこと？

「リエス、面を上げよ」

うっわー。やっぱり、私だよ！

ラトの心配してる場合じゃなかった！　私の方がよっぽど王様に対して失礼なことしてたじゃん。

王の話に対して上の空で、その上、チラチラとラトのいる方を気にしていたなんて。

引きつった表情で顔を上げる。

「実は先ほどから、女に使節が務まるものかとか、平民風情が使節団に入るなど言語道断だとかいう声が聞こえてな、少々試させてもらった。悪く思わないでくれ」

王様の顔は晴れやかなものだ。

とりあえず、私に対して不快感があるようには見えない。

王様は、周囲を見回して、場を納得させるように言葉を発する。

「私が偽者とまでは気がつかなかったかもしれないが、リエスは、この場の雰囲気の異様に気がついた」

え？　王様じゃない？　偽者？

「そして、私よりも王がいる場所を気にしていた。誰に教えられたわけでもなかろうに、見事だ」

何ですって？　どっかで聞いたことのある話だよね？　本物の王様の前に行って跪《ひざまず》くとか。いやいや、私にはそんな能力ないです。

ただ、知った顔、ラトがいたからそっちを気にしていただけで。

確かに、この場の雰囲気は変だなーとか、王様にしては言葉に力がないなーとかは思ってたけど。

それにしても、なんと恐ろしいことに、ラトの近くに本物の王様がいたとか！　偶然にもほどがある！

王様のふりをしていた人は、壇上から降りて、私達の目の前に立った。

「改めて、僕は、王弟カムラートです。今回使節団の総責任者を拝命しています。よろしく」

「リエスと申します。できうる限り尽力させていただきます」

部屋の中は、変な表現だが、静かにざわついている。

「兄上、あとは頼みましたぞ！」

王弟カムラートが歩みだすと、使節団の面々も後に続いた。私も遅れないように後を追う。

途中ラトの近くを通る。見れば、未だにずっと私を見ている。本物の王様はどこだろうと気にはなったが、きょろきょろと探すのもまずいように思われ、そっとラトから視線をはずした。

謁見の間から移動した部屋で、改めてグランラへの使節団のメンバーの紹介があった。

総責任者は王弟カムラート。すべての使節団を束ねる立場にあるため、各使節団への同行はしないということだ。


同行するメンバーの中で、今回の団長はサマルーだった。当初予定になかったシャルトも、ピッチェの成功から使節団アドバイザーみたいな立場で参加することになった。

そんなわけで、グランラ使節団メンバーのおよそ六割はピッチェ使節団と同じだった。私としては、とても気が楽になった。知らない人達に囲まれるよりは、知ってる人が多い方が安心するよね？


「さて、リエス殿に協力を求めた理由を説明しないといけませんね」

一通りメンバー紹介が終わると、王弟カムラートが口を開いた。

「グランラを治めるガンツ王は『退屈王』と呼ばれています」

「退屈王ですか？」

私は初めて聞く話だが、かなり有名な話らしい。

「とにかく、退屈だ、退屈だというのが口癖で、何か面白いことはないかと常に求めていて、城では毎日のように旅芸人一座が入れ替わり立ち代わり芸を披露しているという噂なのです」

「それでも、退屈なのですか？」

「まぁ、それほど退屈しのぎに飢えているということなのでしょう。今回の使節団は、ガンツ王にとってはよい退屈しのぎのようで、こんな要求をしてきました。『我を驚かすようなことを期待する』と」

カムラートの言葉を引き継いでサマルーが口を開く。

「まぁ、要するに、ガンツ王を驚かせるようなことができたら同盟も考えてやると言われているんですよね。こちらとしても、いくつか用意はしたのですが、どこまで効果があるのか」

サマルーが、今回の使節団の不安を口にすれば、続けてカムラートが言葉を発する。

「そんなときに、リエス殿によるメイクの話を聞いた。実際に目にした者に話を聞けば、驚いたという声ばかりだった。退屈王ガンツにも効果があるのではないかと思い、今回お願いしたのです」

「そうですか……私で役に立てるかどうか分かりませんが……」

役に立てるかどうか分からないというのは、何も謙遜ではない。

メイクって、女性が関心を示すのと、男性の関心は方向が違うように思うからだ。女性は、自分も綺麗になれるかもしれないとプラスの感情で見るけれど、男性は夢が壊れたとマイナスの方向で見るように思う。

果たして、退屈王ガンツのお気に召すかどうか。

「あの、失敗したらどうなるんですか？」

千夜一夜物語とか、確か面白い話ができなかったら殺されちゃうっていうんじゃなかった？

「どうにもなりません。次は驚かせてくれよ、ということで終わりです」

「それを聞いて安心しました」

ホッと胸をなでおろすと、シャルトが笑いかけた。

「大丈夫ですよ。リエスさんの腕は本当にすばらしい。きっとガンツ王の度肝も抜くことができます」

そーかなぁ？

「他にも、ガンツ王に関することで分かることがあれば教えていただけませんか？」

「退屈王は、愛妻家ということだ。妻を大事に思うあまり、人前から隠すほどに」

カムラートの言葉は意外だった。退屈王が愛妻家？　しかも……。

「人前から、隠す？」

まさか、妄想妻とかじゃないよね？

「後宮にも各地方の有力者から送り込まれた女性が何名かいるが、まったく通ってはいないらしい」

愛妻家だけど、後宮もあるんだ。王族っていうのは複雑だね。

「妃との間には子供が四人いる」

なるほど。妄想妻じゃないのね。子育てしてて、妃として公務もしなくちゃいけないなんて大変だものねぇ。表に出さずに大事にした方がいいよ。確かに。

「リエスさんの身に危険が及ぶことはないですよ」

シャルトの言葉が一瞬何を意味するのか分からなかった。

ああ、愛妻家だから他の女性を所望したりしないってことか。

というか、私なんかを所望するわけないでしょうに。シャルトも心配性だな。

二日後に出発。

馬車を使っておよそ片道十日の旅。滞在は十日。およそ一ヶ月ほどで戻ってこられるということだった。

使節団のほかに、護衛や侍女に加え、今回は退屈王ガンツを驚かせるために、楽団や芸人や踊り子など色々な職の人間も同行するらしい。

小屋に戻ると、ラトが小屋の前であっちへ行ったりこっちへ行ったり、落ち着かない様子でうろうろしてた。

「少年～！」

私の姿を見つけると、子犬のように走りよって来る。

「聞いてくれ、ついに、ついに、会えたんだー！」

「会えたって、誰に？」

「薔薇の貴女《ヒト》に決まってるじゃないか！」

決まってるんですか。

「よかったねー（棒読み）。で、会ってどうしたんですか？」

「どうしたって、どうもしない」

うん、そうだね。遠くから見てただけだもんね。

「運命ならば、三回会えるんだろう？　今日で二回目だから、次に会った運命の日に、話しかけるんだ！」

はーそうですか。

話しかけられても困るので、全力で会わないようにしようと思います。

「名前とか、どこの誰とか、そういうのは分かったんですか？」

「人から聞く気はない！　自分で薔薇の貴女に尋ねるんだ！」

はーはー、そうですか。そうですか。それは良かった。

使節団の一員のあの女性は誰だと聞いたら、すぐに「リエス」って分かるし、マーサさんのお店に行けば会っちゃうもんね。

「ところで、ラトはキュベリアの王様がどんな人か知ってる？」

結局、あの場で王様を見ることができなかったので、ラトに聞いてみた。

ラトの近くにいたんだよね？　ラトの近くにいた、ひげの人だろうか？　眉が太い人だろうか。

「お、王様？　少年は、王様に会いたいのか？」

「んー、会いたいっていうわけじゃないけど、自分の住んでいる国の王様も知らないままじゃ駄目かなと思って」

ラトは首をぶるぶるぶると激しく横に振った。

「いや、知らない方がいいこともある！　知らないままでも大丈夫だ！　そうだ、ユータから教えてもらったぞ、知らぬが仏と言うんだ。分かったか？」

何、キュベリアの王様って、知らない方がいいような人なの？

まぁ、三十いくつで王様なのに独身っていうくらいだから、それなりにやっぱりどこか……。

王弟さんは、まともそうだったんだけどなぁ。

ネットオークションでは、順調に銀貨が落札されている。

発送も、小包自宅集配のついでに持って行ってもらう。小包の送り先を考えないと、流石に実家に立て続けに送り続けるわけにはいかないもんねぇ。

銀貨は封筒に入る大きさなので、普通郵便を使っている。普通郵便で大丈夫かな？　とも思ったけれど、もし到着しないようなら別の銀貨を送れば問題ないのでよしとする。送料節約大事！

ユータさんからの返事は残念ながらまだない。

■第二章　キュベリアからグランラへ

そうこうしてる間に、グランラへ向けた使節団の出発の日になる。

ラトには言ってない。今回も置き手紙をすることにした。手紙とはいえ、板だけどね。

『ラトへ　また旅に出ます。一ヶ月くらいで帰ると思います。遅くとも二ヶ月以内には帰れると思います。絶対に帰ってくるので、あまり心配しないように。うどんはたくさん作っておきました。オリーブオイルも置いておきます。料理のできる人に作り方を見せて作ってもらってください』

そして、レシピをいくつかしたためる。

前回の反省を踏まえ、しっかり内容を濃くして置き手紙を書いた。

それでも、まだ何か書き足りない気もするけど、まぁいいや。


例によって例のごとく、マーサさんの店の二階で薔薇《ばら》のリエスに変身。そして、またまた、トゥロンが馬で迎えにきてくれた。

日焼け対策に、ベール付きの帽子を着用することにした。

いや、本当は日焼けよりもラト対策なんだけどね。

今回、使節団は、王弟カムラート様に見送られながら、お城から出発するらしい。

そう、城といえば……またラトがいるかもしれない。

三度目に会ったら話しかけると言っていた。

ラトのことだ、なりふり構わず突っ走る可能性がある。それは避けたい。だからベールで顔を隠す。

王都に着くと、すでに使節団は出発の準備がすっかり整っていて、息つく暇《ひま》もなく馬車に乗り換え、王弟に見送られ出発。あっけないほどあっという間。

ラト、いなかったな。心配して損した。

馬車の中でベールを外し、ほっと一息。馬車の窓からお城の方を見る。全力疾走で、王弟の方に走り寄る人物が一人。

ラトだ！

今日は騎士ではなく、シャルトの誕生日会で見たような服装だ。いや、そのときよりも華やかだ。真っ赤なジャケットには、金銀の刺繍《ししゅう》が施された大きなスカーフ。腰ベルトには、じゃらじゃらとメダルやらリボンやらが垂れ下がっている。

ちょっ、何してるの！

ラトは、王弟がいるにもかかわらず、勢いを緩めることもなく王弟の傍まで走り寄ってくる。

そして、何かを叫びながら、王弟の横を走り抜けようとしたところで、何人かの人物に引き止められる。

王弟が、とっつかまったラトに何か言っているようだ。

うわー、大丈夫なの？　ラト、何かやばくないのかな？

ハラハラ。

かなり距離が遠くなり、ラトたちの姿が小さくなる。

ラトはがっくりと肩を落としているようだけれど、連行されているようには見えない。みんなで仲良くお城の方へ戻っていった。

もしかして、ラトって王弟とお友達だったりするのかな？　歳も近そうだし。乳兄弟《ちきょうだい》とかかもしれない。だったら、あれくらいで処罰されることはないよね？

しかし、王弟と仲がいいってことは、貴族の中でも相当上の位だよねぇ。もしかしてシャルトよりも上なんじゃない？　シャルトが伯爵だからその上というと、侯爵とか公爵？


今回、リムジン馬車には、サマルーや他の官吏が乗り込んでいる。

私は、アジージョさんと他一名の侍女と普通の馬車だ。

「リエスさん、乗り心地はいかがですか？」

馬に乗ったシャルトが、馬車に併走しながら話しかけてきた。

「今回は、馬車に余裕がなくて、このような形で申し訳ありません」

生真面目《きまじめ》なシャルトらしく、私がリムジン馬車を使えず侍女達と一緒の馬車になったことを気にしているようだ。私は全然構わないんだけどなぁ。むしろ、気を遣わなくて楽だし。

リムジン馬車と私の乗っている馬車の他に、普通の馬車がもう一台、荷馬車が二台、五組の旅の一座が乗る馬車が五台と、合計十台もの大所帯だ。余分な馬車を走らせる余裕がないことはよく分かる。

「大丈夫ですよ。シャルトさんの歌を馬車で聞けないのは残念ですけど」

真面目なシャルトの息抜きタイムが取れないのはちょっと心配だけどね。気を張り過ぎないといいけど。

シャルトがまた時を止めた。

何か変なこと言ったかな？　そういえば、歌を歌うの照れてたもんなぁ。ちょっといやなこと思い出させちゃった？

「ぼ、僕も残念です。その、また、あの……」

明らかに動揺してるよね？　私はシャルトの歌声好きなんだけどなぁ。あの照れたような感じも。

「シャルト様、よろしければ、リエス様を馬に乗せて差し上げてはどうでしょう？　外の景色もよく見えますし。確か、花の名所を途中通るんですよね？」

アジージョさんの言葉にシャルトの動揺が一段と大きくなる。

「そ、そうですね、リエスさんさえよければ、花の名所を通過するときに……」

「ご迷惑ではないですか？」

「迷惑なはずがありません」

シャルトが、語尾を強めた。そう？

花の名所かぁ。こっちの世界の観光なんて考えたこともなかったけど、通り道で観光できるなんてちょっとラッキーかもしれない。

それに、私が同乗することで、シャルトも花を楽しめるかもしれない。

「では、お願いできますか？」

シャルトは、楽しみにしていますと言い残して馬を前方へと走らせた。

シャルトの姿が見えなくなってから、馬車に同乗している今年十八歳になるという侍女のフィオちゃんが黄色い声を上げた。

「きゃぁー、も、もしかして、もしかして、シャルト様とリエス様は……」

フィオちゃんは、両手で口元を覆い、きゃぁきゃぁ言いながら、アジージョさんと私の顔を交互に見て何かを確認しているようだ。

アジージョさんは、一仕事終えたような満足げな顔でにやりと笑った。

「残念ながら、リエスさんとシャルト様は貴方《あなた》の考えるようなものではないのよ？」

え？　アジージョさんは、フィオちゃんの考えが分かるの？

「で、でも、リエス様は、シャルト様のことを、シャルトさんと……」

うわっ。しまった。人前ではシャルト様と呼ぶように気をつけていたのに……。

それに引き換え、アジージョさんの呼び分けは完璧だ。人前でこそ、私のことを「リエス様」と呼ぶけれど、侍女だけの場では、私の希望通り「リエスさん」と呼んでくれている。

「察しなさい」

先輩侍女のアジージョさんの言葉に、フィオちゃんはハッとした顔をして、「分かりました！」とビシッと答えた。

ちょっと、何が分かったの？

「えーっと、アジージョさん、フィオちゃん、私には二人のやり取りがよく分からないんだけど……？」

私の言葉に、アジージョさんが大きな溜息をついた。

ええ、何で？　その、かわいそうな子を見るような目は何でしょう？

「ご、ごめんなさい。以後、人前でシャルトさんとうっかり呼ばないように気をつけます」

とりあえず謝っておいた。

「いえ、むしろそれは構いませんよ？」

「そう？　でも、平民の私が貴族のシャルトさんを様付けじゃないのって変でしょ？」

「世の中には、例外もあるのです」

アジージョさんの言葉に、フィオちゃんがコクンコクンと首を振っている。

例外ねぇ。ああ、そういえば、マーサさんは今は平民だけど、シャルトの叔母に当たるから、シャルトのこと呼び捨てだったなぁ。マーサさんに娘のようにかわいがってもらっている私のことを、シャルトは従兄弟のように思ってくれているのかな？

シャルトは一人っ子だし、従兄弟もダーサだけなんだよね？　そうだ。今度ダーサのことをいっぱい話してあげよう。


旅の一日は、ピッチェへ行ったときと大体同じらしい。

午前中に休憩一回、昼ごはん休憩一回、午後に休憩一回、夕飯ごろに街へ到着し宿泊。

しかし、今回の旅は何と言っても旅芸人付きだ。

「うわーっ、すごい！」

休憩もそこそこ、一座の皆さんは、練習を始める。

まるで、サーカスのようだ。

ガンダ座はナイフ投げが一番の売りだそうだが、ガンツ王の前では武器となるナイフの使用はNG。

「これが、なかなか難しい」

と、ナイフの代わりに色々な物を投げて練習を重ねている。私から見れば、先ほどから投げているものがすべて前方の的に命中しているんだからすごいとしかいいようがない。それでも、的の中央にあけた穴を通過しないと見世物にはならないんだとか。

デュカルフ座の目玉は軟体芸。体の柔らかい人たちが色々なポーズで、バランスを取りながら重なっている。

紅サラマン座は、怪力ジャグリング。イスや机をぽんぽん投げ上げてる。すごい。

パルメ座は……、ああ、これ日本でも見たことある。出初《でぞ》め式《しき》で披露されるやつだ。高いはしごの上で、片足や片手でバランス取る芸。

もちろん、それぞれの一座には目玉以外にも、様々な芸達者な人たちがいる。それぞれ、十人前後のグループだ。

見ていて飽きない！

今回の旅、得した～！

それぞれの一座の練習風景をワクワクしながら見てまわっていると、最後尾にいた銀の羽座の皆さんはまだお茶を飲んで座っていた。

練習しないのかな？

そこに、トゥロンがやってきて、一座の若い女性に話しかけていた。

おやおや。流石に、女性に声をかけるのは早いですなぁ。ふふふっ。

旅行一日目の夜。って、旅行じゃないか。仕事だし。でも楽しくて旅行気分だよ！

宿では一人部屋をもらえてたので、いつものようにメールチェックと、オークションチェック。

銀貨を送った人たちから到着連絡が来ていた。

その一つに『着いた。着くとは思わなかった。どうやって送ったんだ？』というメッセージが。

メッセージの最後に、メールアドレスが書かれていて、そちらに連絡してほしいと書いてある。

前に『ちゃんと送られてくるんだろうな』と質問してきた人だ。どうやって送ったって、郵便で送ったに決まってるじゃん。封筒に入れて切手貼って送ってるんだもん。

ちょっとこの人大丈夫？　クレーマーじゃないよね？

メールアドレスに連絡するのは怖いので、オークションのメッセージ機能を使って返信する。

『質問で答えたとおり、郵便でお送りいたしました。封筒の切手や消印をご確認いただければ分かるかと思います』

一応、相手が郵便以外の発送方法を希望していたかを確認するけれど、特に記載はない。だから、今更メール便だの宅急便だので送らなかったと腹を立てられても困るんだけどな。

オークションは、引き続き銀貨を出品している。売る品を買う暇もないし、何が売れるのかもさっぱり分からない。銀貨は今のところ出品すればしただけ落札されている。

出品作業が終わった頃に、クレーマー（仮）からまたメッセージが。

うわー、今度は何が書かれてるんだろう。見るのが気が重い。

『メールで連絡を。どうやって、郵便を送ったのですか？　キュベリアから日本へ？』

どうやってって、自宅集配頼んで……。


ん？

キュベリアから、日本へ？


あれ？　何で、キュベリアって知ってるの？　ちょ、ちょっと待って。

落ち着いて、私、落ち着こう。こういうときは深呼吸。

出品した品物にキュベリアという単語を使ったことは、ないよね？　もしかして、「グアルマキート戦記」っていう小説に出てくる地名？

地名が偶然一致した？

それとも、まさか！

キュベリアを知っていて、キュベリアの銀貨を見たことがある人が落札した？

「ユータ、さん？」

もしかして、クレーマー（仮）さんは、ユータさん？

そうなの？

急いで、記載のあったアドレスへメールをする。

メッセージ機能を使ったのでは、レスポンスがどうしても遅くなるし、回数に限りもある。

『ユータさんですか？』

銀貨の宛先《あてさき》は、木の板に書かれていたユータさんの名前とも住所とも別人だった。

返信を待つ間に、ネットで「キュベリア」を検索。何かのキャラクター？　人物名にいくつか該当するものが出てきたけれど、地名としては検索結果に出ない。「グアルマキート戦記」に登場しているわけでもないようだ。

ということは、やっぱり……。

ああ、早く、メールの返信来ないかな！

ほんの一分二分がすごく長く感じる。

学生時代に大好きな人に初めてメールをしたときのことを思い出した。携帯握り締めて正座して待ったっけ。懐かしい。

早く、早くっ。

「来た！」

メールの返信が来た。

『ユータではない。過去の出品物にも、キュベリアの物があるようだな？　ピッチェ兵のものもあるようだが？　どんな方法で異世界の物を日本に送っている？』

ユータさんじゃないんだ。

でも、はっきりメールに「異世界」って書いてある。

確実に、今私がいるこの世界のことを知っているんだ。キュベリアだけでなく、ピッチェの名前まで知っているなんて。

何故《なぜ》この人は知っているの？

ユータさんみたいに、昔この世界にいた人？

何と返信したらいいのか、少し迷っている間に、またメールが届いた。

『異世界の品をむやみに日本へ持ち込むことは感心しない。コスプレ道具として見られているうちはいいが、研究者に目をつけられれば困ったことになるだろう』

苦言メールだった。

ぐんっと、心臓をつかまれたようだ。

異世界の品を日本へ持ち込むことの問題について、私はまったく考えていなかった。

こっちの世界に、日本の物を持ち込むことには「オーパーツ」にならないようにと慎重だったのに。

私、金のために盲目になってた？　いくら日本円を得る必要があったからって……。

金の亡者っていう言葉が頭をよぎった。恥ずかしい。

よく考えれば分かることだ。

この世界と日本、非常によく似ている。似ているから油断したけれど、別の世界だ。

私が出品した革製品。何の動物の革だったの？

もし、ＤＮＡでも調べられたら、地球にいる何かの動物と一致するんだろうか？

一致しなかったらどうなるんだろうか？

私が出品した銀貨。いや、正確には銀に見える鉱物で作られた硬貨というべきか。

成分を調べたら、地球にない鉱石が出たりしないだろうか？

もしも、地球に存在しないものが出たらどうなる？

異世界のことが知れ渡ったらどうなる？

こちらの世界はどうなっちゃう？

地球に比べて明らかに文明の遅れた世界だ。侵略されない？

世界大戦前のように、植民地として扱われたりしない？

そうでなくても、あっという間に第二の地球扱いにならない？　資源が採りつくされ、環境が破壊され……。

多くの人が移住し、もともとこちらに住んでいた人たちが追いやられたりしないだろうか？

駄目。そんなのは駄目だよ。

私みたいに、迷い込んじゃった人がいるのは仕方がない。だけど、何かを目的として故意に人が行き来するのは違うと思う。

急いで、出品していたものを取り下げる。幸い出品して間がなかったので入札者はいなかった。

クレーマー（仮）さんには何とメールをしていいのか迷ったままだ。

謝るべきか、お礼を言うべきか。さくっと苦言のことはスルーすべきか。

と考えている間に、またメールが届いた。

『日本のものをこちらに送ることもできるのか？』

うわー、これってもしかして、またまた苦言の前振り？

オーパーツを異世界に持ち込むなとかいう？

『オーパーツになりそうなものは、紙切れ一枚といえど持ち込んでいません』

ああ、言い訳めいてるよね。アラフォーにもなって恥ずかしい。

『持ち込んでいないということは、持ち込めるということか？』

『ある程度の大きさのものまでなら』

そこまでは、ほとんど間をあけずにメールが行き来していた。

しかし、ぱたっと返信が止まる。

何だろう？　もしかして、何かオーパーツが持ち込まれていて、その犯人に私が疑われてるのかな？

違うって言わなくちゃ。

ところが、五分経っても、十分経ってもメールが来ない。

もう一度、やり取りしたメールを確認する。私、何か変な文章送ったかな？

「あ！」

読み落としてた。クレーマー（仮）さんからのメール『日本のものをこちらに送ることもできるのか？』と書いてある。

「こちら」は当然異世界である「こちら」だろう。

クレーマー（仮）さんは、私と同じ、異世界にいるんだ！

だから、キュベリアとかピッチェのことも知っていたんだ。ユータさんのほかにも、この世界に来た人がいるんだ。

そして、今もまだ、この世界に留まっている……。

どうすればいいんだろう？

敵？

味方？

合流すべき？

何で、メールが来ないんだろう？　こちらからメールを送るべき？

何を？　カバンを通して物を行き来させることができること？

待って、もし……クレーマー（仮）さんが悪い人なら、カバンを奪われてしまわないかな？

それは困る。

カバンのことは内緒にしよう。

いや、用心するに越したことはない。

会うのも、相手のことがはっきりしてから。そうしよう。

情報は小出しにしたほうがいい。私の居場所すら明かさない方がいいかもしれない。

結局、待てど暮らせどメールは来なかった。私からメールしようにも、何を書けばいいのか分からなくて、墓穴を掘るのも怖いのでやめた。


グランラへの旅は、二日目も天気に恵まれ順調だった。

馬車の中では、アジージョさんが急に若々しくなったということを、もう一人の侍女のフィオちゃんが言うので、色々と美容アドバイスをした。すると、あっという間に、休憩時間に縄跳びをする人の姿が増えた。いや、伝達スピード速いな。

縄跳びは、上手《うま》く跳べるようになると楽しいらしく、美容目的以外でも流行っている。

「他にこんな跳び方もあるんですよ」と、二、三回しか成功しないけれど、二重跳びを披露したら、護衛の人達は先を競って二重跳びの練習を始めた。練習開始後すぐに私よりもたくさん跳べるようになりました。

しょせん私はアラフォー運動不足女子ですけど、何か？

護衛の人達には、後ろ二重跳びや、二重あやとびといった技もあると教えてあげた。見本は披露できませんけどね。

それを見た一座の人達も、興味津々で縄跳びに食いついてきた。練習そっちのけで縄跳びを始める人もいる。

そういえば、縄跳びで曲芸みたいなの見たことあったなぁ。大縄跳びだっけ？　縄を二本回して、その間でバク転したりする人もいるんだよね。と私が言えば、すぐに大縄跳びの練習を始めた。

って、待て待て、いきなり二本回しは無理だって！　まずは基本の一本回しから練習した方が、早い、回すの早い！

私の心配をよそに、皆さんめきめき上達していく。運動神経のいい人は進歩のスピードが半端ない。

そんな騒ぎをよそに、銀の羽座の皆さんはゆっくりお茶を飲んでいた。

確か、昨日も練習とかしてなかったような……。

もしかして、秘密の特訓？　他の人達にも内緒のすごい技で驚かせるとか、そういうことなの？

気になる。こっそり教えてくれないかな？

その夜、メールチェックをすると、クレーマー（仮）さんからメールが来ていた。

『携帯の電池がすぐに切れる。手動でフル充電に時間がかかる。それ故《ゆえ》、すぐに返信できないことがある。文面も簡素になるが、理解してくれ。どれくらいの大きさのものなら持ち込める？』

とあった。今日の朝方の時間帯になっていたので、昨日の夜は充電が切れて、一晩かけて手動充電してすぐにメールをしてくれたんだろうか？

『ティッシュの箱を三つ重ねたくらいの大きさのものまでなら』

まぁ、私も顔文字ふんだんに使った、長文メールは苦手なので、簡潔にメールを返す。

カバンの中で送信ボタンを押した後に、慌ててもう一通メールを書く。

オークションで落札された銀貨を送ったのは確かに日本だ。それは、どうなったんだろう？　別人なのだろうか？

確か宛名は山下《やました》さんだった。

『山下さんとお呼びすればよろしいですか？』

いつまでもクレーマー（仮）では失礼なので、名前を確認。

『頼みがある。日本と唯一のつながりである、携帯を維持したい。しかし電池の寿命がもう長くはない。新しい携帯電話が欲しい。予備も含めて十個ほど、入手できるか？』

送信と同時に、向こうからメールが来る。ほぼ同時に送信したらしい。

『吾妻《あづま》だ』

吾妻さんっていうんだ。じゃあ、オークションの宛名の山下さんは別人なんだ。どういう関係なんだろう？

吾妻さんが異世界にいることを知っているのかな？

『携帯電話ですか？　ガラケー？　スマフォ？　どこの電話会社？　分散すればいいですか？』

『すまんがガラケーとかスマフォとか意味が分からない。会社は分散してくれ』

吾妻さんはいつから異世界にいるんだろう？

ユータさんは少なくとも十年近くはこっちにいたんだよね？

ラトが見た目三十前後だから、実年齢二十五とか？　そのあたり？　ユータさんと出会ったのが十歳だか十一歳だかと言っていた。五年前に帰ったわけだから、ラトが二十歳くらいのときに帰ったとして、約十年だもの。

携帯の電池って何年くらいもつものなんだろう？

携帯が使えるということは、私の持っているカバンのように、どこかが日本とつながってるから電話が使えるんだよね。どこがつながってるのかな？　つながってるのに、ものの行き来がまったくできないの？　何故？

スマフォを知らないようだから、少なくともスマフォ登場以前からこっちにいるんだよね。

携帯十台欲しいとか言ってるけど、そういえば、知ってるのかな？

『昔と違って、今は携帯電話の本体〇円とかじゃないので、高いですよ。下手すれば百万くらい』

そう。昔は、本体は〇円、高くても一円とかザラだった。いつから、本体価格がしっかり取られるようになったんだろう。正直不便極まりない！

自分の携帯じゃないと、毎月の通話料に上乗せも無理だよね。一括支払いして、吾妻さんに渡すことになるんだよね？　携帯やスマフォは一台数万はするもんね。

何年もこっちにいる吾妻さんは、日本円持ってるんだろうか？　こっちの金貨で支払われても、困るんだよね。

私は一円たりとも日本円を減らしたくない。もう、オークションもできなくなった今となってはおちおち通販もできない。

ケチケチするわけじゃないけれど、メールのやり取りも、パケ代かかるわけだし……。あー、どうしよう。日本円。

そこで、メールの返信が止まった。

お金が百万円もかかるというので困ったのか、それとも単に充電切れか。


三日目。旅は順調。

休憩時間には、恒例となった旅芸人一座の練習。見ているのは楽しいけれど「縄跳びで他に何ができるのか？」と質問攻めにされるのは疲れます。

そっと、皆の下《もと》から遠ざかり、のんびりとお茶を飲んでいる銀の羽座の皆さんの下へ。

「あの、ご一緒してもよろしいですか？」

カップを片手に、声をかける。

「リエス様、どうぞ」

一人の女性が慌てて立ち上がり、簡易テーブルの前を空けてくれた。

「ありがとう。あの、私のことは、様をつけなくてもいいですよ？」

テーブルにカップを置いて、腰を下ろす。何やら緊張気味の女性に声をかける。

「私も、皆さんと同じで、今回、ガンツ王に芸《げい》（メイク）を見せるために同行している一庶民ですから」

その言葉に、女性がちょっと驚いたような声を上げる。

「え？　貴方は、シャルト様の特別な方では？」

シャルトは、道中、色々と気遣ってくれている。

花の名所と呼ばれる場所だけでなく、景色がいい場所を通りかかれば声をかけてくれて、馬に乗せてくれる。

日本は階級社会じゃないから、うっかり忘れちゃうけれど、シャルトは、庶民から見れば恐れ多くも伯爵家のお坊ちゃまだ。お坊ちゃまに特別扱いされている私に、気を遣ってしまうのは当たり前なのかもしれない。んー、今度シャルトに特別扱いはやめて、他の人と同じように扱ってくださいと頼んでみようかな？

「シャルト様の叔母様にお世話になっているので、気遣ってもらっていますが、私自身は何も特別ではないですよ？　だから、リエスと呼んでください」

と言うと、女性は少し残念な子を見るような目で私を見た。

え？　何で？　変なこと言ったかな？

「アタシは、銀の羽座の座長、サニーネ。よろしく、リエス」

サニーネさんは、とても女性らしい体つきに、目鼻立ちのハッキリした美人さんだ。

見た目、三十になるかならないかの女性が座長なんて驚きだ。

サニーネさんの差し出した手を取り、握手を交わす。

「はい、こちらこそよろしくお願いします」

「うれしいねぇ。本当言うと、噂を聞いて、ずっとリエスと話がしたいと思っていたんだ」

噂？

「何でも、美の伝道師だそうじゃないか」

ぶっ。何だそりゃ。

「いえ、少し美容に関する知識があるだけで……」

「是非《ぜ ひ》その知識を教えてくれないかい？」

「ええ、もちろんいいですよ」

と、そこで気になっていたことを尋ねることにした。今なら、秘密特訓のことをちょこっと教えてくれるかもしれない！　ふふふっ。

「サニーネさんたちは、練習しなくても大丈夫なんですか？」

私の質問に、サニーネさんの顔が曇った。簡易テーブルを一緒に囲んでいる一座の数名の顔も暗くなる。

あれ？　何、この反応？

「そうだね。練習しなくちゃいけないね……」

溜息交じりのサニーネさんの言葉。

もしかして、秘密の練習とかじゃなくて、練習したくてもできない事情とかがあった？　大掛かりな装置が必要とか？

「リエスは、銀の羽座の自慢は何だと思う？」

問われて、一座のメンバーの顔を見渡す。十名ほどのメンバーの半分が女性だ。見た目の年齢は十代から五十代と幅広い。男性陣の体型を見ても特に筋肉質というわけではない。他の一座のように、鍛えた体を使った芸をするような体型にはとても見えない。

ということは、鍛えてなくてもできること――手品かな？

考えていると、サニーネさんが答えをくれた。

「劇さ」

「劇？」

なるほど！　皆さんは、劇団だったんだ！

「それから、歌と音楽が、アタシたちの自慢さ。劇も歌も音楽も国一番だと自負している」

「へぇ、すごいですね！　是非、聞きたいです！」

歌か。そういえば、シャルトの誕生日会でダンス用の音楽を聴いたことはあったけれど、こっちの世界で歌ってまだ聞いたことなかったなぁ。シャルトのＡＢＣソング以外は。

「でも、何で練習しないんですか？」

「今回は、ガンツ王を驚かせないといけないだろう？　時間の都合で劇は見せることができない。残されたものは歌と音楽だけさ。一体、歌や音楽でどう驚かせろと言うのか……」

ああ、そうか。それで悩んでいたというか、落ち込んでいたというか、練習に身が入らない状態だったのか。

でも、私は知ってるよ。

「サニーネさん達は、大役を任されたんですね！」

私の言葉に、サニーネさんは意味が分からないという顔をした。

「音楽は、人の気持ちを動かす力があります。私の国では、劇や祭典のオープニングやエンディングや、盛り上がる場面で歌や音楽を流すことがよくあるんですよ？」

「え？」

んー、もしかして、こっちの世界では歌は一つの出しものとしてとしか使われてないのかな。

映画とか、感動のシーンに名曲あり！　なんだけどなぁ。曲を聴くだけでそのシーンを思い出して感動を新たにすることもあるくらい、音楽って大事なんだけど。

歌を聴くだけで、青春時代にタイムスリップできるもんなぁ。ああ、あの頃の私は若かった。今はもう、アラフォーになっちゃったよ。凹。

「例えば、ガンツ王が『驚くものか』と硬い気持ちで芸を見ていたら、どんなにすばらしい芸を披露しても心が動くことはないですよね？　だから、まず音楽で心を柔らかくしてあげるんです。リラックスして芸を見てもらえるようにするんです。それが、オープニングの役割です。エンディングは余韻を持たせ、ああ、楽しかったなぁとか面白かったなぁという気持ちを深めます」

サニーネさんは、驚いた顔をして私の言葉を聞いていた。

「それから、芸のポイントポイントで盛り上げるような音楽を流すと、より芸が引き立つことがあります」

有名どころで言えば、ドラムロールとかだよね。あ、あれは音楽に入らないか？

「他の一座の皆さんが芸を披露しているのにあわせて、効果的な音楽を付けるというのもいいと思いますよ？　協力を申し出てみては？」

サニーネさんが、私の両手を掴《つか》んだ。

「リエス、そうだね。そうだ。何もアタシら銀の羽座が驚かせなくてもいいんだね。アタシら、使節団っていうチームなんだ。それを忘れていたよ」

そうだ。チームだ。

他の一座の皆は、大縄跳びで何人同時に跳べるかとか、すでに仲良く練習してるもんなぁ。って、縄跳びに熱を入れすぎ！　まぁ、体を鍛える意味はあるから無駄ではないんだろうけどさ。

「歌や音楽には力がある、そうだね？」

サニーネさんの言葉ににっこり笑ってうなずいた。

「ほら、皆、リエスの言葉を聞いたかい？　ぼやぼやしていられないよ！　練習だ！　練習！」

サニーネさんは立ち上がると、銀の羽座のメンバーに声をかけた。

「あんた達は、他の座の出しものを見て、どんな音楽が合うのか研究しておいで。練習していけそうだと感じたら、早速《さっそく》他の座長に声をかけてみるからね！」

サニーネさんの言葉に、各々馬車から楽器を取り出したり、他の一座の練習を見に行ったりと、忙しく動き出した。

「さて、アタシも練習しなくちゃね。随分さぼっちまったから、声が出るかね」

そう言って、アーアーと、声の調子を確かめている。

そして、立ち上がると、私の前で片手を胸に当てて小さくお辞儀をした。

「さぁ、聴いておくれ。国一番の歌い手と名高い、サニーネの歌声を！」

ふふっ。自分で国一番と言っちゃう気《き》っ風《ぷ》のよさが素敵だ。団長として皆から慕われてるんだろうなぁ。

サニーネさんの歌声。

ああ、綺麗だ。青空に吸い込まれていくような澄んだ歌声。

うっとりと聞き惚れていると、縄跳びをしていた何人かが動きを止めて同じようにサニーネさんの歌声に聞き入っているのが目に入った。

あれ？

さっきまでデュカルフ座の若い娘と話していたトゥロンがサニーネさんを見てる。

何だか、いつもと感じが違う目で見てるよ。おやおや、もしかして……？

一曲終わり、拍手！　周りでサニーネさんの歌を聴いていた皆も拍手。

トゥロンは？　あれ？　もういない。

それからは、休憩時間ごとに銀の羽座の皆も練習をするようになった。

夜、郵便受けをチェック。ダイレクトメールが二通。今日も、まだユータさんからの手紙はない。

そろそろ届いてもいいと思うんだけど……。

オークションは吾妻さんからの指摘で出品していないけれど、前に送った人からのメッセージや評価などがあるためチェック。

そして、携帯メールをチェック。吾妻さんからの連絡はない。

四日目。午前の休憩時間になり、お茶の入ったカップを持って銀の羽座の下へ。

昨日はサニーネさんの歌を聴くだけで、頼まれていた美容の話をしていなかったと思ったからだ。

でも、サニーネさん達はお茶を飲むのもそこそこに、すでに練習していた。

練習の邪魔をするのは悪いと、少し離れて歌声を聴きながらお茶を飲むことに。

そして、同じように遠巻きに歌を聴いている男を発見。

トゥロンだ！　昨日と同じ目でサニーネさんを見ている。やっぱり、そうなんだね？

ある種の確信めいたものを感じ、カップを近くの簡易テーブルに置くと、トゥロンの下に歩み寄る。

「トゥロン」

「おや、リエスの嬢ちゃん」

トゥロンには、いっぱいお世話になってるから恩返ししないと！　アラフォーのおせっかいおばちゃん頑張るよぉ！

「サニーネさんに、惚れちゃいました？」

トゥロンのサニーネさんを見る目は、他の女性を見る目と全然違った。

「おや？　嫉妬《しっと》ですか？　大丈夫ですよ、このトゥロンめ、一人の女性に心奪われることはありません」

トゥロンがいつもの派手な手の動きで答える。

え？　違うの？

「本当に？　でも、トゥロン、愛しそうな目でサニーネさんのこと見てましたよ？」

私の言葉に、トゥロンは少し照れたような顔をした。

「おや、そんな顔をしていましたか？」

うん。うん。

サニーネさんに惚れてるの自覚ないのかな？

とにかく、惚れたというなら、全力で二人の仲を応援する所存でございますよ！　恩返し、恩返し。

「母が、昔歌姫だったんですよ。小さい頃からよく歌を歌ってくれました」

「え？　お母さんが？」

「ええ、それを思い出していたから、そんな目になったんでしょうね。しばらく里帰りもしていないと思ってね。この仕事が終わったら、一度顔を見せに行こうかと考えていたんですよ」

そうなんだ、お母さんのこと思い出してたんだ。女性に優しい人って、お母さんのことを大事にするイメージあるもんなぁ。そっか、そっか。だからあんな目をしてサニーネさんの歌を聴いていたんだね。邪推した自分が恥ずかしいよ。

「そうそう。嬢ちゃんに頼まれていた、人が消える場所について、一座の人に今尋ねてるんですがね」

「え？」

まさか、女性と話をしていたのは、口説いていたわけではなく……？

「あちこち旅をしている人達なので、何か知っているかと思ったのですがね」

そうか、一座の皆さんは、各地を旅してまわっているんだ。何で、私は気がつかなかったんだろう。ユータさんに帰り道を教えてもらえると思って、全然情報集めに身が入ってなかったよ。

「ありがとう、トゥロン！」

トゥロンは前に話したことを覚えていて……私のために話を聞いてくれたんだ。

「いや、申し訳ねぇ。警邏《けいら》から聞いた話以上の情報は得られなかったよ」

「ううん、ううん、本当にありがとう」

何ていい人！　トゥロンの両手を取って感謝を述べる。

帰り道の情報収集っていう大切なことを思い出させてくれた。それだけでも感謝だよ！

「そう、お礼を言われるほどのことでもないですよ。それに、彼女達に話しかけるいい口実になりますしね！」

トゥロンは、片手を女性達に向けるとウインクして見せた。

あはは。そうですか。


休憩が終わり、馬車に乗ってしばらくすると、馬車の窓がノックされた。

馬車の窓を開ける。シャルトだ。いつも、シャルトはこうして馬車の横に馬を寄せて話しかけてくれる。

「リエスさん、昼食の後、ご一緒しませんか？　有名な滝が見られる場所があるそうです」

滝かぁ。滝って、マイナスイオンを出してるから癒《いや》されるっていうよね。その話を聞いてから、滝って見るだけで心が安らぐんだよね。

お願いしますと即答しようとして、言葉を飲み込む。

そうだ、サニーネさんに貴族のシャルトに特別扱いされてると思われて一線引かれたんだった。

他の人にも、誤解されないように、もう特別にしなくていいと断ろうと思ってたんだった。

「いえ、あの……、せっかくのお誘いなのですが、これからは、馬に乗せてもらわないようにと考えていたんです」

「「「えっ？」」」

ん？

アジージョさんとフィオちゃんとシャルトの声が重なる。

そんなに驚くようなこと言った？

「な、何故ですか？」


シャルトの声が少し震えている。

いや、だから、そこまで驚かなくても……。

「トゥロンに何か言われたのですか？」

はい？　トゥロン？　全然関係ないけれど。ああ、さっき少し話をしていたのを見てたのかな？

「いいえ、違います。えっと、私だけ馬に乗せてもらっているのは、他の方に申し訳ないというか、なんというか……」

シャルト、固まってるけど聞いてる？　全く表情も動いてませんが……。

「リエス様、申し訳なくないですよ、大丈夫です。これからもシャルト様に甘えればいいですよ！」

そんなシャルトに代わってか、アジージョさんが口を開く。アジージョさんの力説に、フィオちゃんがコクコクとうなずいてる。

「いえ、でも……」

まだ、断る言葉を探していると、馬車の反対側の窓を開けて、アジージョさんが近くの護衛を呼んだ。そして、急いで木の板に何かを書きつけると「サマルー様に届けてください」と護衛に手渡した。

え？　このタイミングで、何故サマルーに手紙？

そして、ものの一、二分でさっきの護衛が板切れを持って戻ってきた。アジージョさんが受け取り、内容を確認する。どうやらサマルーからの返事らしい。

「リエス様。私をはじめ、同行者一同仕事なのです。私やフィオは侍女として。護衛達はもちろん護衛。文官に一座の皆も、国から依頼された仕事なのです。いいですか、皆、仕事として使節団に参加しています。その中で、厚意で参加してくださっている唯一の人がリエス様なんです」

や、厚意っていうか、めちゃめちゃ自分の都合だけどね。一人旅せずにサパーシュへ行きたいという……。

「仕事でもないのに、使節団に参加してくださるリエス様を気遣うのは、当然なのですよ。ね、シャルト様！」

アジージョさんの言葉に、それまで固まっていたシャルトもキリッと表情を引き締めた。

「そうです。リエスさん。誰にも遠慮することはありません。厚意で使節団にご協力くださる貴方をもてなすのは、僕の使命です」

そうか。シャルトも、誰かから私を退屈させないようにとかなんとか言われてるのかなぁ？　真面目だからなぁ。きっと、その命令を忠実にこなさなければと思っているに違いない。

それで、私がシャルトの気遣いを断ったら、シャルトに悪いよねぇ。

「分かりました。これからも、よろしくお願いいたします」

「はい、もちろん！」

ホッとしたようなシャルトの声と、胸をなでおろすアジージョさん。おや？　もしかしてアジージョさんも、私をもてなすように命を受けてる？

夜、いつもは一つの宿を貸切で泊まっていたのだが、今日は全員が宿泊できるような大きな宿がないということで、二つに分かれた。

一つは、私や文官や護衛などが泊まり、もう一つの宿に一座の皆さんが泊まることとなった。

事件は、宿の一階の食堂で起きた。

少々飲みすぎたであろう赤ら顔の文官が声を上げる。

「最近、銀の羽座が練習始めたみたいだが、どういうつもりなんだろうなぁ」

ん？　サニーネさん達のことだよね。

「歌なんて、どんなに頑張ったって無駄なのに」

何だ！　無駄とは何だ！

文官は、同意を求めるように、周りに座った文官仲間の顔を見回しながら酒の入った木製ジョッキを傾ける。

「だって、そうだろう？　歌でどうやってガンツ王を驚かせるっていうんだ？　まったく、無駄だよな。無駄。練習するのも無駄だが、あいつらを連れていくこと自体が無駄だと思わないか？」

ぐっ。何ですって。

歌を馬鹿にするなよ！　確かに、歌単体で驚かすことは無理かもしれないけど、でも、使節団のチームとして必要でしょ！

周りの官吏は、ちょっと困った顔をしているだけで、否定しようともしない。それって、暗に「そう思うが、ハッキリ言うなよ」と言っているようなものだ。

「確かに、驚かせることはできないかもしれませんが、ガンツ王を楽しませることはできますよ」

シャルトが、落ち着いた口調で言った。

シャルト、そうだよ！　いいこと言った。

ところが、酔っ払いは鼻をふんっと鳴らす。

「歌や劇なんぞ、女が楽しむもんだ。ガンツ王も退屈するだけだろうよ」

な、な、なんだとぉ～！　歌だけでなく、今の発言、女も馬鹿にしたよね？　周りの文官の中にはくすっと笑いを漏らした者もいる。

何だ、それ？　男尊女卑か？　ああ？

腹が立って、思わず立ち上がろうとしたとき、酔っ払い文官の後ろのテーブルで食事をしていたトゥロンが立ち上がった。

そうだ。トゥロンのお母さんは歌姫だったと言っていた。母親を馬鹿にされたようでトゥロンも腹が立ってるよね？

「おや？　私は、歌を聴くのは好きですがね？　特に恋の歌なんて、聴いているだけで心が燃え上がりますよ」

トゥロンの言葉に、護衛達の何人かが小さくうなずいている。

そして、トゥロンはイスに座りながら、わざと文官に聞こえるように大きな声で言った。

「恋愛経験のない者には、恋の歌も退屈なだけなんでしょうかねぇ？」

酔っ払い文官は酒で赤くなった顔を、さらに真っ赤にする。

恋愛経験がないというのは図星だったようだ。護衛の間から忍び笑いが聞こえる。

いいのかな、文官を馬鹿にするような発言をして……。と、少し心配になったが、でも、言わせてもらう。

トゥロン、グッジョブ！

馬鹿にされた酔っ払い文官は、悔しそうにジョッキをテーブルの上に叩きつけるように置いてわめいた。

「ふんっ。所詮《しょせん》、今回の目的であるガンツ王を驚かせることができない者達など、役立たずに間違いない。ああ、そうだ。銀の羽座は随分と女性が多かったが、別の意味で皆を楽しませることもできるのかな？」

は？　何だ、それ？　サニーネさん達を馬鹿にするのもいい加減にしなよ。頭にきた。

女性蔑視もいいところだ。

驚くようなことができればいいのか？　それで銀の羽座を認めるのか？　随分簡単だな！

アラフォーなめんなぁ！　びっくりかくし芸の一つや二つ、忘年会や新年会用に持ってるんだよ！

怒りを抑えて立ち上がり、シャルトの下へ。

「シャルト様、私のために、幾《いく》つかドレスを持ってきてくださっていますよね？　二着ほど頂いてもよろしいですか？」

突然の私の申し出に、シャルトは快くうなずいてくれた。というか、すんごく嬉しそうな顔をして二着といわず、幾つでもいいですよと。いや、基本的に必要以上にドレスはいりませんって。

シャルトの了解を得たので、アジージョさんに声をかけて、一番派手なドレスと、一番清楚なドレスを出してもらう。

うん。真っ赤なドレスと、薄い水色のドレス。これだけ対照的であれば、視覚的に効果抜群だね。

それから、ドレスを大きな布に包み、サンタクロースのように担いで部屋を出る。

「リエス様、どちらへ？」

慌てるアジージョさんに「隣の宿へ」と答えて、銀の羽座の皆さんが泊まっている宿へと足を運ぶ。

一座の皆さんも楽しく食事中だった。サニーネさんの姿を見つけて、声をかける。

「おや？　どうしたんだい、リエス？」

「サニーネさん、特訓しましょう！」

「は？」

「秘密の特訓です！」

サニーネさんは、秘密の特訓という言葉が気に入ったのか、詳細を聞かずとも、にんまりと微笑んで、私を部屋に連れて行ってくれた。

あの失礼な文官め！　驚くなよ！　いや、驚けよ！


部屋に入り、早速ドレスを包んでいた布を広げて準備を始める。

「サニーネさん、仕立てができる人はいませんか？　えーっと、本格的なものでなくてもいいんですが……」

「いるよ、劇の衣装は自分達で作っているからね！　今呼んで来るよ」

サニーネさんが部屋を出て行ったところで、準備の続きをする。そして、サニーネさんが一人の女性を連れてきたところでちょうど準備が整った。

「ん？　何を始める気だい？」

サニーネさんの疑問に、ちょっといたずらっぽい顔を見せた。

「イチ、ニー、の、サンッ」

かくし芸を二人の前で披露！

「わっ！」

「きゃっ！」

と、驚いた二人が手を口にあてたり、目をつぶったり。そして、すぐに目を開けると今度は驚いて目をまんまるにした。

「あれ？　いったいどうやったんだい？」

「サニーネさんには、今私がやったことを覚えてもらいます」

「アタシに？　そんなことができるわけ……」

「大丈夫ですよ！　ちょっとしたコツと、度胸さえあれば、少しの練習ですぐにできるようになります」

私の言葉に、少し不安を見せていたサニーネさんが、目いっぱいの笑顔になった。

「度胸なら任せておくれ！」

そうして、サニーネさんにコツを教える。サニーネさんが練習をしている後ろで、持ってきた二つのドレスの改造を、仕立てができるという女性にお願いする。

アラフォーなめんなぁ！

派遣で職場を転々とするとね、色々な人と知り合うことができるんだよ！　日本舞踊を習っている子だっていたさ！　背筋がピンとして立ち姿がとても綺麗な彼女が教えてくれたんだよ！「引き抜き」を。

そう、一部の演目で、着物が一瞬にして替わるものがある。あれに使われるのが引き抜きという仕掛けらしい。着物を重ねて着て、上に重ねた着物は仕付け糸で簡単に留める。その糸を引き抜いて着物を取り去ると、一瞬にして衣装が変わるというものだ。

見ていて素敵だし、初めて見ると、どうやっているのかってびっくりするよね。

今回はドレスでそれを見せる。真っ赤な派手なドレスから、薄水色の清楚なドレスに一瞬にして変わるのだ。

ああ、そうだ、それぞれのドレスに合わせた歌もサニーネさんに考えてもらわなくちゃ。

一時間ほどで、消灯の時間が近づいたので、サニーネさんの部屋を出て、自分の宿に戻る。消灯の時間になると、廊下などの共用部分の灯りが消えるのだ。蝋燭や油の節約だよね。

部屋に戻り、郵便受けチェックとメールチェック。まだユータさんからの手紙は来ていない。吾妻さんからの連絡もない。うーん、百万円なんて大金だもんなぁ。考え直してるのかな？　金策をしているのかな？

ちょっと大げさに言いすぎたかも。安い機種もあるよね？　ちょっと調べてメールしようかな。


五日目の夜、サニーネさんは特訓の成果を見せてくれた。なんと、あれから夜中遅くまで練習を重ねたらしい。

今では成功率が八割を超えている。

「すごいです！　サニーネさん！」

「ふふっ。度胸には自信があると言ったろ？」

そこで、私は、本番を想定した鍋を取り出し、テーブルに載せる。その中に水と石を入れた。これは、ちょっとした演出のために用意したものだ。街に着いてから、必要なものは買い集めた。石は、トゥロンや他の護衛の人に、道すがらちょうどいい大きさのものを拾ってもらった。

「これで、練習してください」

「ん？　石？　何かの代わりかい？」

「いいえ、本番でも石を使います」

サニーネさんはちょっと首をかしげたけれど、すぐに練習を始めた。

それから、ドレスを改造した衣装もほぼ完成していた。馬車に揺られながら作業を進めたらしい。よく、指に針を刺さないもんだと思ったけれど「慣れてますから」だそうだ。

衣装チェンジの方も打ち合わせをして、何度か練習してもらうことにする。

消灯までの間に、サニーネさんは本番用のものでも九割以上成功するようになった。失敗の一割も、少し水がこぼれる程度だ。

これならいける。

準備万端。よし、後は、披露する場を設けるだけだ。


次の日の朝、シャルトとサマルーと相談して、披露の場を今夜設けることになった。それを、サニーネさんに伝えると、楽しそうに笑った。

昼食の時間。あの酔っ払い文官――名前をチョビンというらしい。ちょびひげを生やしているので、とても覚えやすい名前だ。サマルー、シャルト、チョビンを含む官吏五名と共に昼食を取る。

「本日の夕食前に、銀の羽一座が歌を披露してくださるそうだ」

と、サマルーが皆に伝えてくれた。

「それは、楽しみですね」

シャルトが言えば、チョビンが水をさすようなことを言う。

「役立たずと言ったのが耳に入ったのか……、せめて我々を楽しませようと思ったんですかね」

まったく、つくづくいやなことを言う。

「そういえば、チョビン様はあまり歌が好きではないと言っていましたね？」

怒りを抑えて、穏やかにチョビンに話しかける。

「そうでしたかな？」

チョビンがとぼける。まぁ、伯爵令息のシャルトが楽しみだと言っているのに、「歌なんて女が楽しむもの」と言うわけにはいかないだろうね。今はしらふなんだから。

でも、私ははっきり覚えてますよ？　散々歌を、サニーネさん達を馬鹿にしたのを！

「いくら退屈だといっても、途中で席を立たないでくださいね？」

ちょっと嫌味っぽい言い方になっちゃったかな。

「そんな無作法はしませんよ。――いくら、退屈だったとしてもね」

ああ、ったく。嫌味な言い方。っていうか、酒が入れば、無作法しまくってんじゃないのよ。まさか、本気で覚えてない？

「本当ですか？　席を立たないことを、誓えますか？」

チョビンは、しつこいなぁと、少し嫌そうな顔をしながらも、

「ああ、では、この自慢のひげに誓おう。席を立たず、最後まで歌を聴くと」

と言った。え？　そのひげ、自慢だったんだ？　加トちゃんぺを思い出して、とても自慢には見えないのは、まさに文化、価値観の違いか。

ちらりと、左右を見回す。しっかり、サマルーもシャルトも他の官吏の皆さんも、今のチョビンの言葉聞いたよね？

言質《げんち》と証人確保です。

宿に着くと、銀の羽座の皆さんと食堂のセッティングを始める。しっかり打ち合わせ済みなので、皆で手分けしてテキぱきと準備。

テーブルをコの字型に並べ、真新しいテーブルクロスを載せる。ティーカップを中央に配置し、道中積んだ花を飾る。

「サニーネさん、本当に大丈夫ですか？」

最後の確認。一応、失敗しても大丈夫なようにスカートを重ねているわけだけど……。それでも、万が一ということがある。

「もちろん。度胸には自信があると言ったろう？」

サニーネさんの力強い返事を聞き、私もうなずく。

準備が整い次第、皆を席へと案内する。コの字の上の線の位置に護衛や御者などの人達、コの字の下の線の位置に一座の皆さん。コの字の右の線の位置のテーブルが、演技を正面で見ることができる場所だ。そこには、使節団の人達を案内する。

左のテーブルに官吏三人。中央のテーブルに、官吏二人とサマルー。右のテーブルにシャルト、私、チョビンが並んで座る。

さぁ、ショーの始まりです！

真っ赤なドレスに身を包んだサニーネさんと、楽器を持った銀の羽座の皆さんがコの字の中央へ。

「お願いします」

と、サニーネさんの声掛けに、厨房《ちゅうぼう》から各テーブルに小ぶりの鍋が置かれていく。これは、私が前の街で買い揃えたものだ。

鍋の中には、スープと具材が入っている。

そして、テーブルに鍋が配り終えられると、今度は厨房から、大きな鍋が運ばれてくる。とても重たいので、何人かが協力して運んでくる。

おたまを持った調理長らしき人物が、慎重に大鍋の中から何かをすくい、サマルーの座るテーブルの鍋にゆっくりと入れる。

すると、ジュウーッという大きな音と共に、真っ白な湯気が立ち上り、小ぶりの鍋がぶくぶくぶくっと泡を立てる。

「な、何ですかこれは？」

少し驚いたような声でサマルーが問う。

アラフォーなめんなぁ！

若い頃は興味がなかったけど、三十歳過ぎてから何故か物産展って言葉に弱くなるんだよ！　旅行に出かけなくても日本各地のおいしいものが食べられるなんて、すばらしいじゃないか！　その物産展で色々な料理を見てきた。この、熱した石を最後に入れて料理を仕上げるのは新潟の名産

「わっぱ煮」の応用だ。

「熱した石で、スープを煮込みます。歌が終わったころに、ちょうど食べごろになります。出来立ての料理を楽しんでいただけるかと」

と、サニーネさんが説明する。

「ほほ、なかなか面白い趣向ですね」

官吏の一人が明るい声を出した。

よし、滑り出しは成功。

料理人が手分けをして次々に石を鍋に放り込む。

シャルトと私とチョビンの目の前の鍋にも、石が入れられる。

ジューッという音、小さく飛び散るスープ。すぐにぐつぐつぶくぶくと、鍋が煮えたぎる。

「わぁ、いいにおいがしてきました」

わざと、顔を鍋に少し近づけてから、

「熱っ」

と一言。慌てて顔を引っ込める。

「大丈夫ですか、リエスさん！」

心配そうにシャルトが声を上げる。大丈夫だよー、今のはわざとだから。本当はそんなに熱くないよ……と、言うわけにもいかない。ごめん、心配かけて。

「大丈夫です。ああ、そうだ、シャルト様に一つお願いが……」

「何ですか？」

声を潜めて、シャルトの耳元で囁く。

「何があっても、席を立たないでください」

シャルトの返事を確認するように、少し顔を離す。

あら、また、シャルトの時が止まっている。困ったな。足の上でこぶしを握り締めているシャルトの手に、手を重ねた。

「ああ、あ、リエスさんっ。分かりました」

シャルトが慌てて返答してくれるが、大丈夫だろうか？

「私を信じて、どうぞ、席を立たないようにお願いします」

もう一度念押しをして、シャルトの手をぐっと握る。

シャルトは、私の目を見て、真摯な表情で「貴方を信じています」と返事をくれた。


シャンッ。


タンバリンのような楽器の音を合図に、演奏が始まる。そして、銀の羽座の若い踊り子二人が舞《まい》を見せ、サニーネさんの歌が始まった。

赤い情熱的なドレスに合うような、激しい歌だ。

今回の演出のために、サニーネさんが選んだ歌。カルメンのように恋に情熱的な女性。しかし、カルメンを刺し殺してしまったドン・ホセのような最期を迎える女性の歌だ。

情熱的な恋を歌う一番、嫉妬に狂う二番と歌は進み、ついに男を恨んで刺し殺す三番に入った。

歌詞が「許さない」というような言葉に差しかかったときに、サニーネさんが動いた。

歌いながら、私達の座るテーブルの前に歩み寄る。

「♪ゆる〜さ、な〜い♪　ゆる〜せ〜、ない〜♪」

迫力のある表情で、チョビンを睨むサニーネさん。すごい、本当に人を刺しそうな顔つきだ。

あまりの迫力に、シャルトの手の上に置いた私の手に力が入る。ちらりとチョビンの横顔を見れば、ちょっと顔が引きつっている。

さ、驚いてくださいよ！

「♪ほしいのは〜、あな〜た〜の、いのち♪　あな〜た〜の、いのち〜〜♪」

サニーネさんが、テーブルクロスの端を掴んで、勢いよく腕を引く。

テーブルの上に乗った、ぐつぐつと煮えたぎる鍋がひっくり返ることを想像し、チョビンが慌てて立ち上がる。

ガタンと大きな音を立てて、イスが引っくり返った。

シャルトも腰を少し浮かせたが、膝《ひざ》の上に乗せたシャルトの手を、私の手が押さえていたので立ち上がらなかった。

私を信じてくれたんだ。

食堂にいる皆の視線が、私達の前のテーブルの惨事に集まった。

あれ？　惨事は？　――と、惨事を想像して青ざめた人たちの目は、はとが豆鉄砲を食らったような目に変わった。

テーブルの上には、少しだけ位置を変えた、鍋と器がそのまま載っているのだ。

テーブルクロスを引っ張ったのに、何故、上に載っている鍋や器が落ちないのだろう？

子供の頃、テレビで、初めてこのかくし芸を見たときは、私も驚いた。不思議で、すごい技だと思った。

それが、大人になって、インターネットで「かくし芸」を検索して現実を知ってしまった。慣性の法則を利用した、誰にでもできるかくし芸だと。上に載せたものを倒さず落とさずに行うテーブルクロス引き抜き。

子供の頃に私が感じた驚きを、今、食堂の皆が感じているようだ。

皆の目が、テーブルの上の鍋に集中している間に、サニーネさんはテーブルクロスでドレスを覆う。踊り子だった娘が、サニーネさんのドレスの仕付け糸を引き抜き、真っ赤なドレスを取り払う。そして、アップにしていた髪を下ろす。

シャンッ。

タンバリンのような楽器の音に、私の前のテーブルに集まっていた皆の視線がサニーネさんに戻る。そこには、あっという間に変身を遂げたサニーネさんの姿があった。

数秒という間に、どうやって着替えたのだろう？　食堂の人々は、キツネにつままれたような顔をしてサニーネさんを見ていた。

もう一度、シャンッという音を合図に、サニーネさんの歌が始まる。

先ほどの情熱的な女性の歌とは対照的に、控えめで献身的な女性の歌だ。戦《いくさ》で傷ついた男性を癒そうとする歌。薄水色のドレスと、彼女のふわりとゆれるミルクティー色の髪の毛がとても合う。

顔つきも、真っ赤なドレスのときはきつい顔。今はとても優しい顔だ。

もちろん、サニーネさんの演技力の力もすごいけど、ちょっとしたトリックを使ったのだ。

アラフォーなめんなぁ！

アラサーになった頃からね、顔のたるみに悩み始めるんだよ！　ほうれい線とか目じりのしわとか……。

解消するためのあれこれ知識は当然持ってるんだよ！　髪の毛を上の方で引っ張りながら結ぶとね、ほうれい線やしわが伸びて目立たなくなるんだよ！　まぁ、ちょっと吊り目になって顔の印象も変わるんだけどね。今回はそれを利用した。

真っ赤なドレスのときは、めいっぱい髪を引っ張って結び、吊り目のきつい顔つきに見せた。

薄水色のドレスになったときは、髪を下ろし、そのきつさをなくした。ついでに、アイシャドウを軽く布で擦ってぼかすとより優しい感じになる。

シャンッ。

最後に小さな音で、サニーネさんの歌の終りを告げる。サニーネさんが、深々とお辞儀をすると、警護の人達は立ち上がり盛大な拍手。一座の人たちは、ブラボーと叫んだり、口笛を鳴らしたりして称賛している。

サマルーや官吏達は、そこまで大きなリアクションはしていないが、顔を上気させ、興奮気味に手を叩いている。

「すばらしいですね、テーブルクロスを引き抜いたときは肝が冷えましたが、とてもすばらしかった！」

シャルトも目を輝かせている。

子供のように、楽しそうに語るシャルト。何だかこれだけでもう満足だよ。喜んでもらえてよかった。

とはいえ、官吏たちの感想に耳はダンボだ。

「まるで、別人ですね。ドレスだけではなく、顔つきまで変わってしまった……。それも一瞬のうちに……」

ドヤッ。

「どちらの姿も、歌と非常に合っていた。歌に引き込まれたよ。すばらしかった」

よっしゃ！　歌のすばらしさも実感してもらえたみたいだ！

さて、肝心のチョビンの感想は？　と、首をチョビンに回せば、まだ立ち尽くしたまま呆然としている。

分かってるかな？　チョビン殿。途中で席を立ちましたね？　え？　今のはなしだとか言います？

次の日、チョビンの顔からちょびひげが消えていた。

そして、吊り橋効果が発動されていた。ほら、ドキドキする状況を体験した男女が恋に落ちるという。

どうやら、チョビンはサニーネさんの熱狂的なファンになったようだ。

熱湯をかぶる恐怖を味わった後に、傷ついた男性を癒す歌なんて聴いたからかな? 何はともあれ、あれからチョビンは「歌というものはすばらしい!」と言うようになった。めでたしめでたし?

それから、サニーネさん達銀の羽座は、他の一座の皆と共に練習をするようになった。音楽をつけた芸の披露の練習だ。

そして、テーブルクロス引き抜きは、歌や演技主体の銀の羽座で披露する気はないということで、ほかの一座に伝授していた。早着替えの技は、劇中で使えそうだと今後も続けるらしい。

■第三章　退屈王とお妃様

キュベリアとグランラの国境を越えた。

グランラに入ったからといって、急に何かが変わることもなく、同じような景色が続いている。気候は少し涼しくなったような気がする。

グランラに入って四日。

あの一件以来、サニーネさん達と仲良くなったので、時々銀の羽座の馬車に乗せてもらった。おしゃべりしたり、歌を教えてもらったりと非常に楽しくて、あっという間にグランラの王都に到着した。

キュベリアの王都と同じような規模の都市だ。

キュベリアとの違いは、緑の多さだった。商業地区も居住地区も、建物の間には庭が設けられ緑が植えられている。

お城はすごかった。

アレみたい。あの、なんとかの天空の城！　緑豊かな小高い丘の上に、緑に囲まれたお城が立っている。石造りの壁はつる草で覆われ、バルコニーには観葉植物がたわわに顔を出している。屋上庭園も設けられて「緑の城」という言葉が似合いそうだ。

「すごい、ですね」

カメラがあれば、写真撮りまくりたい！　絶対世界遺産級だよ！　ってお城を目の前に興奮。

「そうですね、話には聞いてましたが実際に見ると圧巻ですね」

サマルー他の面々も城を見上げて感心している。

「退屈王が楽しむために作らせたのでしょうか？」

シャルトの言葉に、サマルーの目に光が宿る。

「そうですね、もしそうだとすると、退屈王ガンツを驚かせるのは私達が考えるよりも大変なことかもしれません」

今は、グランラのお城に見とれている場合ではない。敵を知り、今後の対策を考えるべきなのだ。

私は、出発前に作った隠し玉のことを考えていた。

隠し玉が通用するだろうか？　あの程度のもので驚いたりするかな？

珍しがるかもしれない。でも、驚くだろうか？

一緒に旅をしてきた人達の芸で、驚くだろうか？

人が空を飛ぶくらいしないと、驚いてくれないような気がしてならない。

確か、ピラミッド型の骨組みの中で、人が浮くとかいうのがあったよね？　あれって手品だっけ？　怪しげな宗教団体だっけ？　そういうことできたら驚くのかな？

ああ、こんなことなら日曜講座「楽しい手品入門」とか受講しておけばよかったよ！　まぁ、宙に浮く手品なんて入門編で習うわけないけどさ。

グランラの城へは明日向かうということで、今日は城壁のすぐ外側にある迎賓館に宿泊することになった。

建物の中に入ると、一同驚きを隠せなかった。

まず通された薄暗い廊下には、光る石がまるで夜空のようにちりばめられていた。ちょっとしたプラネタリウムのようになっている。

次に通された部屋には騙《だま》し絵が飾られ、他にも様々な美術品が置かれている。

そして、やっと応接間に通されたのだが、これまた、この世界に来て初めて見た。南側全面のガラス窓。

ガラスの質がイマイチだし、大きなものも作れないため、まるで障子のように格子状に透明度の低いガラスがはめ込まれている。

大きなガラス窓から注ぎ込む光にも圧倒されるが、部屋に所狭しと置かれた緑にも驚かされる。

キュベリアでも室内に花を飾ることはあるが、主に切花だ。この部屋のように、根っこのついた観葉植物を置くことはまずない。

南から差し込む光の量に、青々と茂った緑。一瞬室内だということを忘れそうになる。

日本で、これに近いカフェや温室なんかを見たことがある私でさえ、一瞬息を呑んだ。

使節団の他の人は、ぽかーんと立ち止まっている。

「今、お茶をお持ちいたしますので、お座りください」

迎賓館の侍女に促されて、それぞれソファに腰を下ろした。

「驚くことばかりですね」

シャルトの正直な感想に相槌を打つ。

「驚かせに来た方が驚かされっぱなしとは……」

サマルーが渋い顔をしている。

「ガンツ王は、たいていのことでは驚かないでしょうね。困りました」

「大丈夫ですよ！　我々にはリエスさんがいます！　ガンツ王が色々なものを見てきたとしても、リエスさんの魔法のような化粧法は見たことがないはずです！」

おーい、シャルト、楽観しすぎだし、私に期待しすぎ！

ああ、どうしよう。

別に失敗したからといって、私のせいじゃないんだろうけど。使節団の一員として参加するからには、この訪問を成功させたいよね。

元々、同盟を組むための訪問でしょ？

同盟は、西側のアウナルスに対抗するためのもの。侵略戦争を起こされないためのものだよね？

平和を保つための同盟。

やっぱり、平和は何よりも大切だよ。戦争になっちゃったら、どれだけ多くの人が犠牲になるか分からない。

戦争は絶対にだめだよ、だめ！

考えよう。隠し玉もそれほど役に立たない気がしてきた。

もっと、もっと何か、ガンツ王を驚かせることができること。考えれば何かあるはずだ。

滞在は十日ほど。今日と最後の日を抜けば、一週間ほどしか時間がない。考えて、準備して、間に合わせなくちゃ！

迎賓館の二階の個室が宿泊用にあてがわれた。サマルーやシャルト達は、明日からの行動の打ち合わせをまだやっていたが、私は先に休ませてもらった。

だって、夜更かしは美容の天敵ですから。

……違った、明日に備えないといけないから。

打ち合わせが終わってからは、なんだか実のない堂々巡りの会話が続いていたけど大丈夫かな……。

だってさ、いいアイデアがパッと出るんだったら、キュベリアにいるときから提案できるでしょ？　今いるメンバーではなかなか新しい発想は難しい。

部屋はさすがに普通だった。居心地を良くするためにはあまり奇抜な部屋ではだめだという配慮かな？

部屋に入ると、鍵をかけて、薔薇《ばら》のリエスにさようなら。

化粧を落として、汗をぬぐってさっぱりしてベッドにダイブ。

くあーっ。やっぱり、ジャージ上下はやめられない！　誰も部屋に入ってこないのをいいことに、ジャージです。アラフォー女子の部屋着兼パジャマです。十年ものですが、何か？

さてと。まずはメールチェック。

吾妻《あづま》さんからは、あれからメールがない。色々と安い携帯のことを調べて、一度メールしてみたけれど、その返信もなかった。一番安い方法は『電池交換』だ。充電がすぐ切れるということだったから、電池だけ交換すればオッケーだよね。

もしかして、百万円を工面したりしてるのかな？　でもさ、工面が必要なくらい日本円の蓄えがなかったら、十台も所持したら携帯を維持できないよね？　毎月幾《いく》らかかるんだろう？

九百八十円の激安コースでも十台で一月で一万円近くでしょ？

ん？　ちょっと待ってよ。

そもそも、誰が契約するわけ？

私は、日本からこっちの世界に持ち込むことはできるけど、日本で契約はできないよ？

だって、携帯会社に出向くわけにいかないんだし。そもそも、本人じゃないと契約どころか解約もできないよね。家族だろうと代理は無理だとか、結構厳しい。家から出られない人はどうするんだろうとか思ったことあるもん。

ネットオークションで、携帯電話やスマートフォンの機械は売っているから、自分でもなんとかできるのかな？　なんて思ったけど、だめだよね。電池を新しくするのと話が違うもん。

十台持つって、新規契約だよね。

ああそうだ。

うっかりしてた。

どうしようかな。私自身、今使っている携帯電話の機種変更だって、難しいよね？

値段どうこうじゃなくて、やっぱり使っている携帯電話の電池が入手できないかっていう方向でいいのかな？　あまりにも古いものだと難しいかな？　携帯電話なんてどんどん変わってるもん。

んー、一度、来店せずに機種変更とかできるか問い合わせてみようかな。

オークションへの出品はやめたので、オークションチェックはなし。

あとは、手紙が届いていないか、郵便受けを見る。

運がいいことに、このアパートは建物の入り口に郵便受けがないタイプで、部屋のドアに郵便受けがある。

多分、他のアパートとかでは新聞受けにあたるところだと思うんだけど、そこに郵便も届く。

郵便受けには、葉書が一枚。

あ、選挙のお知らせだ。そうか。日本ではそろそろ選挙があるんだ。

封書は、ダイレクトメールが二通だけだった。

「あー、また今日もユータさんからの手紙が届いてないなぁ……」

もしかして、郵便事故か何かで届かなかったのかな？　もう一度手紙を書いて送った方がいいかな？

よし、グランラから帰るときまでに手紙が届かなかったらもう一度送ってみよう。

今は、ユータさんからの返事を気にするよりも、ガンツ王を驚かせる何かを考える方が大事だ。

何かないか、ネットで調べる。

って、闇雲に調べても、何も出てこない。何も出てこないというのは語弊があるかな。逆に情報が散乱しすぎていて絞ることができない。多すぎる情報は、逆にないのと同じと感じるとは。

ガンツ王が何に興味を持っているかとか、検索を絞るための情報が必要だ。

まてよ、そもそも同盟って、驚くものを見せられたからってほいほいしちゃっていいんだろうか？　そんなことを基準にする？

もし、それが本当ならば、ガンツ王は空《うつ》け者？

仮にも国の存亡が左右されるような同盟の話ですよ？

んーっ、考えても仕方がないか！　明日、ガンツ王を見れば、空け者かどうかも分かるよね。

あっという間に、退屈王と呼ばれるグランラの王、ガンツとの面会の時間がやってきた。

私は、時間までに、グランラの王城に勤める双子三組の片方ずつにメイクを施した。

「よく来た。キュベリアの者達よ。長旅ご苦労であった。滞在中はゆっくり休まれるがよい」

謁見《えっけん》の間の王座に座るガンツ王は、まさに王といった貫禄がある。徳川家康《とくがわいえやす》のような安定感に、織田信長《おだのぶなが》のような鋭さが垣間見えるといった雰囲気だ。

見た目は四十代、立派な体躯は、武勇伝が幾つもあるのだろうと想像させる。濃いグレーの髪にグレーの瞳。太いグレーの眉毛に口ひげと顎ひげ。

この見た目で空け者だったら驚くわ。

「我がグランラも、今後キュベリアと親交を深めたいと思っておる。色々と話を聞かせてくれ。五日後に時間を取りたいが、どうであろう？」

王の言葉にサマルーが頭を下げる。

「はっ。ありがとうございます。是非《ぜひ》に、五日後にお話をさせていただければと。その前に、本日は陛下のために幾つかの余興をご用意させていただきました。ご覧いただければと思います」

「余興とな？　それはいい。早速《さっそく》見せてくれ」

ガンツ王に促され、サニーネさん達銀の羽座が入場。

シャンッというタンバリンのような音を合図に、まずは踊り子達がキュベリアのとある地方に伝わるという独特の踊りを披露。

それに続き、サニーネさんが、衣装の早着替えを用いて二曲歌う。

「なかなか、面白い」というのが、ガンツ王の感想。

次に、デュカルフ座は何と縄跳び曲芸。いつの間にそこまで進歩したんだろう。長縄跳びを二本回して、その間を飛んだり回ったり。

す、すごーい。

「ほほー、これはこれは、初めて見るな」パチパチパチと拍手数回が、ガンツ王の反応。

続いて行われた他の一座の芸にも、いずれも見て楽しいが、驚くほどのものではないという反応だった。

「では、次にご覧いただくのは、彼女達です。彼女達はいずれもこのお城に勤める双子の姉に当たる方です」

三名のメイクをしていない双子の姉が入場する。私のメイクを披露する番だ。

「ん、中には見たことのある顔もいるな」

次に、顔をベールで覆った双子の妹が、それぞれの姉の横に並ぶ。

「隣に並びました者は、双子の妹でございます。今回、キュベリアから同行いたしましたリエスが化粧を施しました」

名前を呼ばれて、一歩前に歩み出る。そして、頭を深く下げる。

「変わった余興だな。双子ということは、化粧をした顔としてない顔を見比べるという趣向か？」

「まさしくその通りにございます。どうぞ、ご覧ください。キュベリアでも話題のリエスの化粧の腕前を」

サマルーの言葉を合図に、双子の妹達三人がベールをはずす。

「っ！」

息を呑む音が、部屋に控えている人達の間に起こる。

ガンツ王の反応は？

「リエスと申したな、顔を上げよ」

ガンツ王の表情は、無だった。

無表情。

「実に見事だな。これほど驚いたことは実に久しい」

驚いたと言った？

一瞬、キュベリア側の空気が張り詰める。

「しかしだ、本来、化粧というのは女性の秘めたる部分ではないか。それを見世物にするというのには不快感を感じる」

げっ。

「し、失礼いたしました！」

サマルーが深く頭を垂れる。シャルトをはじめ他の面々は固まって身動きがとれずにいた。

私も、とっさにどうしたらいいのか分からなくて、動けなかった。

最悪だ……。最悪の結果だ。

怒らせた。

楽しませるどころか、怒らせてしまった！

ガンツ王は愛妻家だと聞いている。きっと女性を大切にするタイプなんだろう。

冷静に考えればガンツ王の言うとおりだ。女性の美醜を見世物にするなんて、何て失礼なことだ

ろう。

ガンツ王は決して空け者ではない。

驚かす方法で、相手の力量を推し量っているんだ。

だから、同盟という国を左右する決め事を、自分を驚かせたら考えてやるという言葉が出るのだろう。

「恐れながら、見世物のようになってしまったことはお詫びいたします。ただ、手っ取り早く私の腕を知っていただければと思ってのことです」

見世物じゃないといいつくろわなくちゃ。

ただ、それだけの思いで言葉をつなぐ。

「どうでしょう、私の化粧の腕前はご理解いただけたでしょうか?」

声が震えている。指先が冷たい。

「ああ、充分な。それで、これは見世物ではない、余興ではないと申すのか?」

ガンツ王の問いに、大きくうなずく。

キュベリアの面々はハラハラとして、私を見ている。

そりゃそうだ。キュベリアの面々は余興のつもりだったのだから、私が何を言いだすのかと思っているに違いない。

「自分で言うのもおこがましいのですが、私の化粧は、女帝レイナール様にも大変喜んでいただきました。キュベリア国内でも、多くの女性に喜んでいただいております」

嘘《うそ》ではない。真実を織り込むことで、話に重みを持たせる。

単なる言い訳に聞こえないように。

ドレスの中では、足ががくがくと震えている。

ガンツ王の機嫌が直るのか、もっと悪くしてしまうのか……。

「どうでしょうか、私の化粧の腕を、お妃様へのプレゼントとしてみては？　きっと喜んでいただけるかと思います」

愛妻家という情報がどの程度信用できるのか、分からない。だけど、今はそれにかけるしかない。

ガンツ王の反応を待つ。

ああ、喉《のど》が渇《かわ》く。緊張が半端ない。

「くっ。はっはっはっは〜」

うわ、大笑いだ。

「キュベリアの使節よ！　おぬしらが初めてじゃ！　顔も見せぬ我が妻への余興を提案したのは！」

「あの、余興というつもりでは……」

どうしよう、愛妻を馬鹿にしたとか思われたら、もう取り返しつかないよ！

「分かっておる。妻へのプレゼントじゃな。いつも、我ばかりが余興を楽しんでおるのは不公平と言えよう。提案をありがたく受けよう。妻を、愛するチュリを喜ばせてくれ」

「はい、ありがとうございます！」

ガンツ王の機嫌が何とか持ち直したのにホッと胸をなでおろす。

その後は予定していた残りの余興はせずに、使節団は謁見の間を退室した。

「ありがとうございます。リエスさんに助けられました」

迎賓館に戻ると、サマルーとシャルトからお礼を言われた。

小さく首を振る。

助けるつもりとか、そんなんじゃなかった。

私のメイクのせいでガンツ王を怒らせたというのを受け入れられなかっただけだ。

お妃様が、どういう人物か分からない。もし、お妃様を怒らせてしまったら、今度こそアウト、ゲームセットだろう。

一難去ってまた一難。っていうか、自ら嵐に飛び込んでしまった感がいなめない。コンバ◯ラーVじゃないんだから飛び込みたくない。あ、ボルテス◯だったっけ？

そして、沈痛な面持ちのキュベリアの面々は、会議室で反省会を行っていた。

今回の使節団は完全に失敗と、日程一日目にして結論が出たようだ。

ちょっと待ってよ、諦めちゃうの？

重たい空気にいたたまれなくなって会議室を出た。

食堂では、一座の皆さんが暗い顔をしていた。

しばらくして、突然サニーネさんが立ち上がって、手を打ち鳴らした。

「なぁんだい、湿っぽいね。アタシ達に必要なのは、涙じゃないだろう。練習だろう？　今度はもっとすばらしいものが見せられるように練習しよう！」

その言葉に、

「そうだ！　まだ終わっちゃいない！」と別の誰かが続ける。

一座の皆さんは、次々に顔を上げた。

そう来なくっちゃ！

私も、頑張る！

一度や二度の失敗なんて気にしてたら、正社員への道なんてないんだから！

何度、履歴書が返されたか！　何度、面接で落とされたか！

その中には、涙を流すくらい悔しい思いをしたことだってあった。いわゆるセクハラ面接や圧迫面接だってあった。そもそも、ある年齢から「結婚の予定は？　結婚しないの？　相手は？」とかそういった類《たぐい》の質問をされるだけで……胃が、胃が痛いんだよ！

アラフォーなめんな！

胃が痛くなる思いで落ち込んで前に進めないほど、やわじゃないんだ！

やりきってやる！

お妃様にメイクをして喜んでもらう！

次に、起死回生の手段を考える！

最後は、笑ってキュベリアに帰る！

さて、まずはメイクだ。お妃様がどんな顔か分からないけど、あっち系の顔だったら欲しい物がある。オーパーツは使えないから、代わりになるアレがあるといいんだけどな。

自分の部屋に戻ると、薔薇のリエスからただのリエスに戻る。アジージョさんに頼んで用意してもらったキュベリアの侍女服に着替え、偽団子頭を作る。

そして、そっと部屋を出て迎賓館も後にして、街へ出た。

いや、出ようとしてつかまった。

「おおー！　女神よ！　やはり、あなたはいつもリエス殿の傍においでなのですね！」

トゥロンだ。

どうして、そんなに目ざといのだろうか？　もしかして、ＧＰＳとか付けられてる？

トゥロンの表情が一瞬にして崩れる。

え？

トゥロンの手が伸びて、私の頭の後ろに軽く触れた。

「使っていただけたのですね」

あっ、団子頭のカバーは、トゥロンからもらったものだった。お礼もまだ言っていない。

「ありがとうございます。トゥロンには色々とお世話になっているのに、プレゼントまでいただいて……今度是非、お礼を」

させてくださいという言葉を口にする前に、トゥロンが人差し指を立てて左右に振った。ティッティッティッと、軽く舌を鳴らしながら。

「贈った品を身につけてもらえる、これ以上の喜びはありませんよ」

いやぁ、まぁ、何処《どこ》までも女性の心をくすぐる台詞《せりふ》をさらりと口にする男だ。

「ところで、我が女神よ、お出かけですか？」

「街へ、買い物に」

「お供をさせていただけますか？」

ちょっと、考える。今回私が探すのは食品。

食料品店をとにかく数多く回って探したい。それには、商業地区へ早く行けた方がいい。王城近くの迎賓館から、商業地区まで歩けば四十分はかかるだろうか？　馬なら十五分くらいかな。

頼んじゃおうか？

「トゥロンさえよろしければ、お願いします」

いつ、お妃様からお呼びがかかるか分からないし、早く見つけなくちゃ。

退屈王の治める王都だ。世界中から珍しいものが集まってきていると信じたい。

どうか、売っていますように。


商業地区に着くと、トゥロンにも探すのをお願いした。

とはいえ、こちらで何というのか分からないため、何と説明したものか。小さくて粒々の食べ物。麦に似ているが、麦とは違う。そんな説明で分かるだろうか？　もう一つ付け加えたのが「キュベリアにない珍しい食べ物」。

私が欲しいものは米だ。

米、この世界にあるだろうか？　あると信じたいが。

二手に分かれて、米を探す。

実際に、米が手に入らなかったら、何で代用すればいいのだろう？

それも考えながら見て回る。

お妃様に気に入ってもらうためには、いざとなったらオーパーツを使う必要があるかもしれない。

できればそれは避けたい。

たっぷり二時間は商業地区を探したけれど、米は見当たらなかった。仕方なくトゥロンとの待ち合わせの場所へと足を運ぶ。トゥロンは何か見つけてくれただろうか？

「女神よ、珍しい食べ物をご所望でしたな。これなど、いかがです？」

トゥロンは、葉っぱで三角錐《さんかくすい》に包んだ食べ物を私の目の前に出した。

「これは……」

トゥロンから受け取り、葉っぱをめくる。

中から出てきたのは、おこわだ。

「トゥロン、これ、どこに売っていたの？」

うるち米じゃなくてもち米だけど、これでいい。っていうか、むしろもち米の方がいいか！

トゥロンは私のことを女神だって言うけれど、トゥロンの方がまるで私の勝利の女神だ。いつも、助けられてる！

トゥロンがおこわを買った店に行き、米がどこに売っているのか尋ねる。教えてもらったお店に行くと、もち米だけじゃなくてうるち米も売っていた。

うわー、嬉《うれ》しい。ご飯だ、ご飯だ！

なんていうか、メイクのために探してたけど、やっぱり米は食べたい。

ちょっと多めに購入。

「トゥロンありがとう」

ああ、炊きたてほかほかご飯を想像しただけで、よだれが……。って、今は我慢我慢。

急いで迎賓館に戻る。もうすでに、日が傾きかけていた。

迎賓館に戻ると、キュベリアの侍女のふりをして、屋敷内に勤める侍女に探りを入れる。

当然、妃であるチュリ様についてのことだ。どんな人物なのか、あらかじめ情報があった方がいい。

曰く、

「とてもお優しい方です」

また、曰く、

「お子様を大切にしています」

人前に姿を見せないのは何故なのかという問いには、

「とても謙虚な方なのです」

「王の執務の邪魔にならないようにと身をお隠しになられています」

「お子様を自らお育てになっていらっしゃいますから、お時間が取れないのでしょう」

「後宮にいらっしゃる方達の気持ちを逆なでしないように配慮なさっている」

色々な話を聞いたけれどね、結局分かったことは、お妃様は、優しくて気が回り子供を大切にしているということ。

優しくて気が回るなら、今回のメイクの依頼って、そんなに問題ないんじゃない？

怒りに触れるとかそういうことはなさそう。

ただ、一つ引っかかるのは、まるっきり容姿についての情報が得られないということ。

なんだろうか、皆一様に、容姿には触れないというのは。

人前に出ないので、姿を見た人がほとんどいないからなのかな？

せめて、お綺麗な方ですとか、かわいらしい方ですとか、そんな情報だけでも欲しかったんだけどなぁ。

仕方がない。化粧の方向性は本人を見てから決めるしかない！

優しい方という言葉を信じよう。

大丈夫。大丈夫。

ああ、不安で胸がきゅっ。

そんな自分に暗示をかける。

大丈夫。お妃様は、子煩悩《こぼんのう》なお優しい方。

メイクの出来一つで国を揺るがすほどお怒りになるはずはない！　大丈夫。


とりあえず、部屋に戻ってからは現実から退避！　メールチェックをする。

ネットバンクから入金通知。そして、吾妻さんからメールが来ていた。

おお、久しぶりのメールだ。

『遅くなってすまん。仕事が立て込んでいた。入金したので確認してくれ』

まさか、百万円用意できたの？

それとも、台数減らして三台で三十万とかになってるかな？

じゃなくて、新規契約とかどうすればいいの？

すっかり吾妻さんに連絡するの忘れてたけれど、私も携帯会社に行けるわけじゃないから契約できないよ！

ネットバンクにつないで、とりあえず入金を確認。

うわー、百万って、ゼロの数が多い！

一いち

〇じゅう

〇ひゃく

〇せん

〇まん

〇じゅうまん

〇ひゃくまん

〇いっせんまん

「ぶっ！」

な、何？　えーっと、一〇〇〇〇〇〇〇〇、あれ？　ちょっと、何、この数字？

見間違い？

数え直すこと、五回。

金融や経理の仕事とか経験ないから、ゼロの数をパッと見て金額とかわかんないんだよねー。

「なんてことー！　一千万円の振り込みなんですけど！」

私の伝え方がまずかった？

携帯一台百万円って伝わって、かけることの十台で一千万円と勘違いしたとか？

いや、まてまて、いくらなんでもそんなに高いわけないだろうと思うよね？

吾妻さん、金銭オンチ馬鹿なの？

何年こっちにいるか知らないけど、そんなに物価が上がったとか思ってるとか？

それとも、ラト同様、残念な人なの？

っていうか、一千万円をぽんと振り込めるとか、いったいどういう人？

ラト同様、どこぞのボンボンなの？　いや、それはないか。どこぞのボンボンが行方不明になってたら、大事件でしょ！

いやいやいやいや、そんなことよりも、一千万円なんてもらっても困るでしょ。

困らないけど、嬉しいけど……、困るでしょ！　困るよね？

『入金確認しました。一千万円も必要ありません。お返しするので、振り込み先を教えてください』

メールをしたけれど、すぐに返信はない。

まだ仕事が忙しいのか、充電切れなのか。

っていうか、仕事って何？

こっちの？

日本の？

あれ？　そもそも、銀貨の宛先《あてさき》の山下《やました》さんって誰？　苗字が違うから家族じゃないよね？

山下さんとやらは、吾妻さんが異世界にいるって知ってるのかな？　知っていて、オークションを代理落札とかしたのかな?

なんか、色々と聞きたいことはたくさんあるけれど、携帯のフル充電でもメール何回か分しかやりとりできない吾妻さんに、今聞かなくてもいいことだと、質問を控える。


次の日、朝起きるとすぐにアジージョさんからお妃様への謁見の予定が告げられた。

朝食後、一息ついてから向かうことになった。

とりあえず、ピッチェのときと同じように、何かあってはまずいのでこちらの化粧品をそろえてほしいと伝える。

さーて。じゃあ、まずご飯を炊いときますか。

部屋に戻り、昨日街で買った米を炊飯器に入れてスイッチオン。

ほんの少し使うだけだけど、一合だけ炊くのも光熱費の無駄だから、多めに炊く。もっちろん、後で食べるんだ! 楽しみ!

炊き上がった米を数粒取り出し、蓋《ふた》のついた小さな陶器に入れる。

「リエス様、ご案内いたします」

ちょうどのタイミングでお呼びがかかる。

迎賓館から王宮へと思ったら、離宮へ通される。お妃様は、ほとんどこの離宮で過ごされるということだ。

緑の王宮、花の離宮という言葉が浮かんだ。離宮は、色とりどりの花があちらこちらで目に入る。

本物の花だけではない、この世界には珍しく、壁はカラフルに彩られている。まるで花が咲き乱れているように。

かわいくて綺麗だ。

これも、ガンツ王の趣味なんだろうか？　それとも、お妃様の趣味？

「素敵なお城ですね」

とアジージョさんに声をかける。

さすがに、私一人でお妃様のところへ乗り込む（？）わけにもいかず、アジージョさんがついてきてくれた。心強い。

「本当ですね、グランラのお城も迎賓館も街も、上手に自然の美しさを取り入れていますね」

そうなんだよね。自然の美しいところを活かすように取り入れてる。キュベリアで見た生垣の迷路なんて、植物を使って庭を造っているけれど自然とは程遠い人工物だ。

離宮の二階にある一室の前まで案内される。

案内してくれた人が部屋のドアをノックすると、内側からドアが開いた。お妃様付きの侍女が扉を開けたのだ。

私とアジージョさんは、促されるまま室内へと足を踏み入れた。

チュリ様は、部屋の中央に置かれたソファに浅く腰掛けていた。

ドアを開けてくれた侍女と他に数人の侍女が壁際に待機していた。

「チュリ様、お初にお目にかかります。キュベリアから参りました、リエスと申します」

「堅苦しい挨拶《あいさつ》はいいわ。チュリです。遠くから、よくお越しくださいました。どうぞ、おかけになって。まずはお茶でも」

チュリ様が目線で合図を送ると、侍女がお茶の用意を始めた。

私は、チュリ様の向かいの席を用意された。アジージョさんは壁際に下がって控える。

初めて見る、チュリ様の姿。

ガンツ王の愛妻は、一目見てすぐに分かった。

まごうことなき、癒《いや》し系だ。

アラフォーなめんな！

この歳になれば、いろんな男女を見てきてるし、恋愛の形も見てる！　友人の結婚式や二次会の出席回数だって、半端ないさ！

……後輩の結婚式だって、呼ばれれば行くさ！　凹。

合コンだってそれなりに行った。そこで、分かったことがある。

イケメンや美女とは別に、モテ人種というのがある。

それは、ずばり、癒し系だ！

時々、美女と野獣と揶揄《やゆ》されるカップルいるよね。なんで、あんな美人があんな男と！　とか、あのイケメンの選んだ彼女がまさかの！　とか。

あれって、まさに癒し系男子や癒し系女子！

具体的に言えば、「なんか、くまさんみたいで落ち着くのよねー」っていう太っちょブサメンとかね。

いるでしょ、女でもさ。目を引くような美しさもないけど、もてる子。

まぁとにかく、チュリ様のかもし出す空気が、癒し系だった。

しかも、とびっきりの！

だって、一言声をかけられて、目の前に座っただけなのに、何か緊張していた私の気持ちがふんわりと癒されたんだもの。

こりゃあ、惚れるわ！

ガンツ王もめろめろに癒されてるでしょ。

迎賓館で聞いたお妃様の噂、優しい人っていうのも分かる！

なんか、とげとげしたものを感じない。

時々いるよね。笑顔なんだけど、言葉も優しいんだけど、空気が痛い人って。厳しいノルマを課せられた営業マンにそういう人いたな。アレでは売れないと思うよ……。

「私のために、化粧をしてくださると、お聞きしました」

チュリ様が、入れたてのお茶を優雅に口元に運ぶ。上品なしぐさが自然だ。

「はい。恐れながら、キュベリアからの贈り物の一つということで、化粧をさせていただくことになりました」

チュリ様は、少しだけ微笑んだけれど、表情は浮かない。

私の腕前をいぶかしんでいるのだろうか？

あまり、自慢をするというのは本意ではないけれど、やっぱり、メイクはわくわくした気持ちでしてほしい。

「ピッチェのレイナール様をご存知ですか？　先日、レイナール様にもとても喜んでいただきました。チュリ様にもご満足いただけるかと」

「ええ、レイナール様の噂は聞いたことがあるわ。とても美容に関心が高く、美しい方だと」

そうそう、美容に関心が高いレイナール様すら満足させることができたのですよ。

チュリ様も少しは私の腕に期待してくれるかな？

「チュリ様は、どんなイメージのメイクをお望みでしょうか？」

チュリ様の表情は浮かないままだ。

「少しでも、美しくなれるのなら、リエスさんにお任せします」

一生懸命、微笑を見せてくれる。

だけど、ちっとも嬉しそうでも楽しそうでもない。

なんで？

どうして？

化粧して綺麗になれるのって、わくわくしない？

なぜ、チュリ様はこんなに辛そうな表情をしているの？

「化粧品はこちらにご用意しております」

侍女の一人が、別室からワゴン三台分の化粧品を運んできた。

種類の豊富さは、キュベリアにもピッチェにも引けを取らない。

私は、その化粧品のワゴンに、持参した米入りの陶器を取り出して置いた。

チュリ様のメイクには、この米が役に立つ。よかった。用意しておいて。

チュリ様の容姿を一言で言い表すなら、「地味顔」だ。

取り立てて、特徴がない。良い方向にも悪い方向にも特徴がない。

それ故《ゆえ》、印象に残りにくいとても地味な顔立ちになっている。

だけれど、それは決してブスということではない。まぁ、かわいいとか美人とか言われることもない顔だ。

いわゆるモブ顔？

でも、実はそういうなんら特徴のない地味顔のほうが、化粧映えするのだ。それはもう、驚くほどに。

逆に、少しかわいいとか美人とかいう顔は化粧をしてもあまり代わり映えしない。特徴のある顔は、その特徴を隠しにくいというのも理由だと思う。パッチリ大きなくりくり目のかわいい子を、美人顔にはしにくい。また、ぽっちゃりふっくら色っぽい唇も、クールなイメージの薄い唇にするのは大変だ。

そう考えると、チュリ様の顔は、化粧をするのにもってこいの理想的な特徴のない地味顔と言える。

実際「半顔メイク」で画像検索して出てくる画像を見ても、一重で地味顔の子が、そこそこかわいい子よりもかわいくなってる写真も多い。

そう。ポイントは、一重をいかにでか目にするかだ。

日本だったら、二重まぶたを作るメイク道具を使って簡単に二重にできる。

最近では、百円均一でもシールタイプや糊タイプの様々な二重にするグッズが手に入る。

流行は透明絆創膏を切ってまぶたに貼る簡単二重技と聞いて、びっくりした。え？　絆創膏で貼り付くの？　と思ったら、どうも皮膚同士を貼り付けるんじゃないらしい。しかし、考えた人すごいね。

で、本題。

絆創膏を使った二重の技を検索したときに、ついでに知った技。それがなんと「米粒を二重まぶた用の糊代わりに使う」といったものだ。

米ですよ！　米！

確かに、封筒の封をするときにおばーちゃんが糊の代わりに、よく米使ってたけれど。

まさか、二重まぶたを作るために使えるとは！

驚きだよね！

まぁ、さすがに長時間は無理だけれど。汗をかかなければ二、三時間なら何とか大丈夫みたい。

チュリ様には、ソファから椅子に移動してもらう。周りに使いやすいように化粧品をのせたワゴンを配置。

侍女に蒸しタオルを用意してもらい、チュリ様の顔に当てる。もちろん、この世界にタオルはないから、代用の布だ。

美容効果もあるが、何よりチュリ様にリラックスしてもらいたかった。

「気持ちいいですね」

タオルをはずすとチュリ様は、少しだけさっぱりした表情をした。

「お肌にもいいですが、鼻が詰まったときなどにも、鼻の下に当てると楽になりますよ」

「そうですか、いいことを教えてもらいました。冬になると子供達がよく鼻を詰まらせて苦しがるんです」

「ふふっ。噂通りの方ですね。チュリ様はとてもお子様を大切にしていらっしゃるとうかがっています」

「噂……」

子供の話が出て、少し緩んだチュリ様の表情が、また硬くなった。

ぽろりっ。

不意に、チュリ様の目から涙が零《こぼ》れ落ちる。

「チュリ様！」

「ごめんなさい、なんでもないの……続けてくれる？」

軽く涙をぬぐうと、チュリ様は必死に笑いかけようとしてくれる。

辛そうで、全然なんでもないようには見えない。

私は、チュリ様と目線の高さを合わせた。

四人の子供の母親であるチュリ様。

だけれど、結婚も出産も早く、私よりもずっと年下。まだ二十八歳だ。きっと、お妃様という立場で人に言えないような辛いこともあるんだろう。

私は、静かに首を横に振った。

「チュリ様、泣いていては、化粧をすることができません。落ち着くまで、少し話をしませんか？」

「ごめんなさい。ごめんなさい……」

「謝らないでください。私の方こそ、何かチュリ様の心を痛めることを言ってしまいましたか？　お許しください」

チュリ様は、ぽろぽろと涙を流しながら私の顔を見た。

「いいえ。違うのです。ただ、やはり私が醜いという噂で、陛下に迷惑をかけているのだと思うと、情けなくて……」

は？

「チュリ様が醜い？　誰が、そんなことを？」

確かに地味顔だけど、醜いとまではいえないし、そもそもそんな噂聞いたことない。

「皆が、噂しているのでしょう？　きっと、キュベリアにまで聞こえるほどに……。だから、わざわざリエスさんが派遣されたのでしょう？」

あちゃー。何てことだ！

私がチュリ様にメイクするってことで、そんな風に思われちゃったんだ。

「いいえ。チュリ様の容姿についての話は、一切噂として届いていませんよ？　グランラに入国した後も、お優しい方だと聞いただけです」

チュリ様は小さく首を横に振った。

「皆に、気を遣わせてしまっているんですね……」

「違いますよ！」

「陛下も、ガンツ王も、私が醜いから公の場に連れて行かないのはわかっています。リエスさんにメイクを許したのも、少しは見られるようになるんじゃないかと思ってのことではないですか？」

あー、なんたる誤解。どうして、どうしてこうなった。

そもそも、チュリ様のこの被害妄想ともいえる、容姿コンプレックスは何？

確かに綺麗じゃないけど、でもガンツ王がチュリ様の容姿を醜いと思ってるなんて絶対ないよ！

「失礼ですが、チュリ様には美人のお母様やご姉妹がいらっしゃいますか？」

突然の質問に、チュリ様は面くらったようだ。

「え、ええ……」

やっぱりそうか。小さい頃から比較され続け、根深いコンプレックスになっちゃったんだろう。かわいそうに。

「ガンツ様とは、政略結婚なのですか？　恋愛結婚ですか？」

次の質問に、チュリ様はゆっくり息を吐き出して、語りだした。

「私には、二人の姉がいます。公爵家という立場上、娘の一人を次期王に嫁がせるということが生まれる前から決まっていました。そういう意味では、完全に政略結婚です。そして、姉二人と私と陛下は、幼い頃から交流を深めていました。陛下が、王が戴冠する前の年に婚約することだけが決まっていました。ただ、お嫁に行くのが誰になるのかは決まっていませんでした。私は、ずっと姉二人のうちのどちらかが選ばれるだろうと思って……」

「ガンツ様は、チュリ様をお選びになったのですね。そして、今の幸せなお二人がいる」

「私は、私はとても幸せです！　ですが、陛下は本当に幸せなのでしょうか？　こんな醜い女を選んで、美しい姉のどちらかを選べばよかったと後悔しているんじゃないでしょうか？」

チュリ様の目からは、大粒の涙が次々とあふれ出ている。

結婚して何年も経つのに、愛されているのに、子供四人に恵まれているのに、でも、チュリ様は不安なんだね。

「チュリ様は、ガンツ様のことを、本当に愛していらっしゃるのですね？」

チュリ様は、照れることもなく大きくうなずく。

「ガンツ様は、それは凛々しく、見目麗しい男性ですから、好きになるのも分かります」

「いいえ、陛下の良さはそんな言葉では語りつくせません。小さなころからとても優しくて、驕《おご》り高ぶらず、王になるための努力も人一倍」

チュリ様が、ガンツ王の良いところを十ほどあげたところで目が合った。

ニッコリ笑った私の顔を見て、チュリ様は涙を止めた。

「私も、ガンツ様の良いところを一つ知っています。女性を見る目が確かなことです」

見た目じゃないでしょ。チュリ様だって、ガンツ王の見た目に惚れたわけじゃないものね。それが伝わったようだ。

「私……私が、陛下の、ガンツのお嫁さんでもいいの？　醜くて、公の場に連れて行くのも恥ずかしいような女でも……」

「ちょっと待ってください。公の場に連れて行くのが恥ずかしいと、ガンツ様がおっしゃったのですか？　ガンツ様は一度もチュリ様を公の場へお連れになっていないのですか？」

チュリ様は首を横に振った。

「結婚式の後のお披露目には出ました。その後、人前に出るのは苦手だと言ったら、じゃあこれから先は出なくていいと、一度も出ていません」

「それは、単に言葉通り、チュリ様が苦手なことをさせたくないってだけじゃないですか？」

いやまぁ、私の予想だと、チュリ様を他の男に見せて惚れられたくないって気持ちも入ってそうだなぁとは思うけどな！

疲れた男は、一発でチュリ様の癒しパワーに落とされそうだもん。

「そうでしょうか？」

「チュリ様、本当のことを申し上げます。実は、キュベリアから私が遣わされたのは、メイクの技でガンツ様を驚かせるためだったのです。ところが、ガンツ様は、女性の美醜を見世物にするとはと、お怒りになりました。そのような方が、美醜を行動を決定する判断基準にするでしょうか？」

チュリ様は首を横に振る。

「決してそのような人ではありません」

「じゃあ、もう一つお尋ねします。チュリ様は、人前に出たいですか？　これからも出たくないのですか？」

チュリ様は、ぐっとスカートの端を握り締めた。

「私、人前に出るのは苦手です。ですが、必要な場面にも姿を隠すようなことはしたくありません。国民への子供のお披露目や、リエスさん達のような他国との交流の場、妃の姿があってしかるべき場からも逃げ出すようなことはしたくありません。陛下の足を引っ張るようなことだけは、したくないのです」

私は、すっかり涙の乾いたチュリ様の顔に、もう一度タオルを当てた。今度は、涙した目元を冷やすためのタオルを。

「では、私が魔法をかけて差し上げます。チュリ様、きっとガンツ様にお気持ちをお伝えできるとっておきの魔法です」

「お願いします」

チュリ様からは、力強い返事が返ってきた。

私は、メイクを施しながら、「クリスマスの贈り物」という物語を話して聞かせた。貧しい夫婦が、お互いを思いやってプレゼントを選んだ結果とてもちぐはぐなプレゼントになってしまった。だけれど、お互いを思いやる気持ちは確かで、二人は幸せだという話だ。

ガンツ様とチュリ様は、お互いを深く思っている。会話が足りないためにすれ違わないようにと願う。

米粒の二重まぶたは上手《うま》くいった。

後は、グランラのメイク道具を使って、垂れ目系でか目。ぽってりふっくらつやつや唇。ふんわりチーク。

癒し系っぽさを強調した可愛い系メイクを施す。

いやー、さすが地味顔。化粧映えすること、すること。写真撮って「半顔メイク」で画像アップしたいくらいの変わりようだ。

完成して、鏡を見たチュリ様の驚きようといったら。

「本当に、これが、私ですか?」

「化粧をしない子供のころは、生まれた顔が自分の顔です。しかし、化粧をする年齢になれば、化粧をした顔がその人の顔です。人前に出るときはお母様もお姉様達も化粧をしているでしょう?

だから、今日からこの顔がチュリ様のお顔です」

　小刻みに震える唇。

「あ、チュリ様、泣かないでくださいね。メイクが崩れてしまいますから！　笑ってください！　笑って！」

　チュリ様は、振り返り、私に抱きついた。

「ありがとう。リエスさん」

　うわー、癒されるわぁ。なんかいいにおいもする～。

「チュリ様、私の魔法がもう少し万能ならばいいのですが、残念ながら二時間ほどで魔法が解けてしまいます。ガンツ様にお話をするのであれば、お早めに。あ、それから、この魔法は侍女に伝授しておきますから、何度でも使えますよ。必要なときに必要なだけ使えばいいのです」

「ありがとう。私、陛下に気持ちを伝えてきます！」

　と言って、チュリ様は侍女を一人伴って部屋を出て行った。

　力が抜けて、ソファに座り込む。

「あー、なんとかなったぁ……お怒りを買うようなことがなくてよかった……」

　アジージョさんが、私の後ろに立った。

「本当に、チュリ様が泣き出したときにはどうなることかとハラハラいたしました」

　アジージョさんも緊張の糸が解けたのか、口が軽い。

　残った侍女がてきぱきとお茶を出してくれた。

「リエス様」

一人の侍女が意を決したように話しかけてくる。

「は、はい、なんでしょうか？」

「ありがとうございます」

侍女が深く頭を下げる。

え？　何？　私、侍女さんに何かしてあげたっけ？

「チュリ様は、ずっとずっと悩んでいたのです。後宮にいる方々は、あることないこと、チュリ様を悪く噂していましたし……」

「私からもお礼を言わせてください。ありがとうございました」

他の侍女もやって来て、頭を下げられた。

うっすらと涙を浮かべている侍女もいる。

愛されてるね、チュリ様。素敵だ。チュリ様のことを思ってくれる侍女がいるのは心強いね。

「先ほどの化粧の方法を、皆さんに教えます。これから先は、皆さんでチュリ様に化粧をしてあげてくださいね」

きっと、ここにいる侍女達は、この化粧の方法を他に漏らしたりはしないのだろう。チュリ様のために。

秘密にしてないけれど、グランラでは秘密扱いになるような気がする。

まぁどうでもいいけどね。

侍女さん達に、化粧の方法を教えながら雑談。

雑談という名の情報収集。

「ガンツ様を驚かすためにはどうしたらいいのか、何かアイデアありませんか？」

遠まわしに探りをいれる必要もないので、ずばり聞いてみた。

「んー、そうですねぇ」

メイクレッスンをしている三人の侍女達は、手を動かしながら真剣に考えてくれた。

「参考になるか分かりませんが、ガンツ様がお喜びになったのは、お子様が生まれたときのことですかね？」

「そうそう、あれは、私達も感激しました」

「綺麗ですよね～」

侍女三人が、お互いにうなずきあっている。

えーっと、全然話が見えてこないんですけど？

「出産が感動的だったってこと？」

「いいえ、もちろん出産は感動的ですが、そうではないんです」

「国民が、お子様誕生をお祝いしてくれたんですよ。お生まれになった日の夜、王都では道という道に灯《あか》りがともされました」

「王宮から王都を見下ろすと、光り輝く道がキラキラと、それはもう、言葉にできないくらい美しくて」

なんと！

夜景か！

子供が生まれたことを国民がお祝いするために、王都を挙げて夜景を作り出したのか！

日本でもあるよ。蝋燭《ろうそく》をともす祭りがいっぱい。

小さい頃に、親に連れられて見に行った竿燈《かんとう》まつり、あれもそうだ。竿に吊り下げられた、たくさんの提灯《ちょうちん》が夜空にゆれる姿。綺麗だったなぁ。それに、あの祭りの熱気といったら。胸がドキドキしっぱなしで、家に帰ってから明日も祭りに行く！　って言い続けて親を困らせたっけ。

他にも、道に手作り灯籠《とうろう》を並べる祭りや、雪像に灯りをともす祭り、川に蝋燭をともした小船を流す祭り、それに大量の提灯の山車《だし》で練り歩く祭り。その他にも、日本には本当にたくさん、灯りを楽しむ祭りがある。

蝋燭の火は幻想的で美しいんだよね。

何を隠そう、「手作りキャンドルぼんぼり街道祭り」という小さなお祭りに主催者側で参加したこともあるのだ！

まぁ、キャンドル作り指導者としてボランティアで手伝っただけだけどね。当然、短期講座「手作りキャンドルで彩る素敵な生活」を受講の成果だ！

話がそれた。

王都中がキラキラすれば、そりゃあ百万ドルの夜景とは言わないまでも、すごく綺麗だろうなぁというのは想像できる。

「綺麗だから感動したというのもありますが、国民が自主的にお祝いしてくれたということに、チュリ様もそれはもう涙を流して喜んで」

「ええ、でも、国民の前に姿を出してお礼を言えないというのをとても気に病まれて……」

なるほど。そりゃ辛いね。

「お二人目がお生まれになったときは、光が走るように点灯のタイミングをずらすという演出があって、それもまたすばらしかったです」

「その次は、光で文字が作られてました。誕生おめでとうと」

「四人目のときは、どのようにしたのか分からないのですが、光の文字が点滅しました！」

へー。すごいなぁ。王都の人達。日本や世界でもロイヤルベビーが生まれると大騒ぎするけど、国民が一致団結して何かの形でお祝いを伝えるなんてそうそうできることじゃないもんね。

「五人目が生まれたら、次はどんなことが起きるか、今からわくわくします」

「そうなんですよねー！　チュリ様、早く五人目産んでくれないかしら！　って思っちゃいますもの」

おお、そんなことで五人目を期待されるとは！

「街の人達も、ひそかに計画しているって噂ですし」

そっかぁ。一種のお祭りだもんね。街の人達も楽しんで準備しているんだ。

誕生日とかのサプライズパーティーって、準備しているほうも楽しいもんね！

あ！

ああ！

そうか、そうなんだ！

ガンツ王を驚かせるって……きっと、そうだ！

キュベリア使節団の考え方は違ったんだ！

驚かせるといっても、種類はいっぱいある。

単に驚かせるためのびっくり箱もあれば、相手を喜ばせようとするサプライズパーティーもある。

どちらも驚かせることだが、驚かせる目的は全然違う。

それに、驚くといっても、びっくりするだけでなく感嘆するということもある。驚き感じ入るということだ。

キュベリアは、びっくり箱を用意しようとしてたんじゃないだろうか？　私の化粧にしても、旅芸人の芸にしても。

だけど、ガンツ王の求めているものはサプライズパーティーのほうじゃないのかな？

びっくりするだけで終わらない、人を感動させる、幸せな気持ちにさせるそんな驚き。

見て幸せな気持ちになる。

見て感動する。

……私が考えていたことって、なんだろう。

「空を飛んだら驚くかな」とか「隠し玉」とか、結局びっくり箱発想だよね。

街全体で光のお祝い。そんなものを経験しているガンツ王が、並大抵のことで満足するとは思えない。

今回の使節団の訪問は、失敗に終わるしかないのかな……。

化粧の仕方を侍女さん達に一通り教え終わる。

三人に教えたから、後はお互いを練習台に練習してもらうことにした。

チュリ様はまだ戻ってこないが、そろそろ夕飯の時間になる。挨拶もせずに失礼かとも思ったが、役目は果たしたので、伺いを立てて帰らせてもらった。


迎賓館の食堂に入ると、今朝までの沈んだ顔の面々に活気が戻っていた。

あれ？　この変わりようは何だ？　食事を終えた皆が笑っている。

「リエスさん、化粧は成功したようですね？　実にすばらしい！」

え？　まだ何も報告してないのに、何でそんな言葉が出てくるの？

サマルーは超能力でもある？

「三日後に、お妃様が国民の前に顔を出すそうです」

「チュリ様が？　本当ですか？」

そうなんだ。

よかった。チュリ様はちゃんと気持ちをガンツ様に伝えられたんだ。

しかし、情報早いな。

サマルーが両手を広げて高らかに言葉を発する。

「名目上は、出産に伴い体調を崩していたのが回復したということですが、リエス殿の化粧が大きく影響していると、私は見ています。実に、実にすばらしい！」

「いいえ、化粧はあまり関係ないと思います」

少しだけ、背中を押すことにはなったかもしれないけど。

チュリ様が顔を出さなかった根本的な問題は、チュリ様とガンツ様の会話不足から来る誤解だったのだから。

チュリ様は苦手ながらも顔を出したいと思っていた。しかし、陛下はチュリ様に無理をさせたくないという思いから、人前に出さなかったわけで。二人の誤解が解けただけだよ。

「そうですか？」

シャルトが首をかしげる。

たとえ化粧をしなくとも、今の結果があったと思う。

だって、陛下は女性の美醜を公務に持ち込むようなことはしないし、チュリ様も化粧をする前から人前に出たいと思っていたのだから。

「事実はどうあれ、チュリ様の体調が戻ったということで顔を出すのだ。キュベリアからも、快気祝いを用意しなくては」

サマルーが立ち上がると、官吏たちも次々に席を立つ。会議室へと移動するようだ。

「そうですね。三日後とは急なことです。本国との連絡も難しい。私達で考えなければ」

チュリ様の快気祝い？

「お祝い……」

もしかして、王都の皆はまた、何か用意するのだろうか？

たくさんの灯りに輝く王都、綺麗だろうな。

私からも、何かプレゼントできないかな？

灯りつながりで、アロマキャンドルとか作ってみる？

あ、提灯とかどうだろう？　本物の提灯は無理だけれど、ランプシェードみたいなもの。それなら作れるよ。

隠し玉もあるし。

日本ならお祝いに花火を打ち上げるんだろうけど、花火といえば、火薬だ。

火薬なんて、オーパーツの中でも一、二を争うような持ち込み厳禁物だ。だから当然ＮＧ。

あれ？

お祝……。

お祝い？

お祝いだ！

花火、灯り、キャンドル、隠し玉、夜景に、夜空に、お祭り騒ぎでお祝いだ！

「サマルーさん、シャルト様、お願いがあります！」

三日しかない！　急がなくては！

「旅芸人の人達とお祝いの相談をしたいのです！　どうか、これから先の旅芸人の行動を私の自由にさせてもらえませんか？」

一拍置いて、サマルーから返答がある。

「あの方達の役目は終わりました。後はキュベリアへ帰るだけでしたから、構いませんよ」

サマルーの目の端には、何かの思惑を浮かべるような光が宿っている。

もしかすると、縄跳びやテーブルクロス引き抜きみたいな、何かの技を一座の皆に教えることを期待しているのかもしれない。

「リエスさん、何かお祝いを思いついたのですか？」

シャルトの言葉に首を横に振る。

「いえ、相談して考えます」

成功するかどうか分からない話をして期待させる気はない。

それに、やっぱり隠し玉は隠してこそだ。

「そうですか……リエスさんならきっとすばらしいアイデアが浮かびます！」

期待しないで～。

うん、でもとにかく許可は得た。

上手くいくかどうかは、分からない。だけど、もしかすると……、ガンツ王にサプライズプレゼントをできるかもしれない。

しかし、何度も言うようだが、三日しかない！　間に合うか？

「では、早速相談してきます！」

急いで食事を終え、食堂を後にする。

かなり行儀が悪い食べ方しちゃったけれど、キュベリア使節団もゆっくり食事をしている暇はないことは承知の上だ。

サマルー達も、必死でチュリ様の快気祝いについて頭をひねっている。少しでも、ガンツ王に認めてもらおうと。

談話室でお茶を飲んでいた旅芸人さん達は、突然部屋に現れた私に何事だと視線を向けた。

「三日後にチュリ様の快気祝いが行われることになりました。そこで、皆さんにお願いがあります」

旅芸人さん達は、食事の手を止めて私の言葉に耳を傾けてくれた。

縄跳びやその他の道中の交流あってのことだろう、私のような小娘の言葉に、きちんと聞く耳を持ってくれるのは。

「旅慣れた皆さんだから、お願いしたいことです」

大まかな説明をして、頭を下げた。

私の話の途中、みんな一言も発さずに聞いてくれる。

「ふふふっ。リエスは、本当に次から次へと、楽しませてくれる！」

話を聞き終えると、一番にサニーネさんが声を上げた。

「この銀の羽座はもちろん協力させてもらうよ！　こんな面白いことに参加しない手はないからね！」

「ありがとうございます！」

顔を上げてサニーネさんにお礼を言う。

「で、他の皆はどうする？」

サニーネさんが、談話室の皆を見回す。

それが引き金となったのか、次々と声が上がる。

「デュカルフ座は協力するよ！」

「当然だ！　平和あってこその旅一座だ！　パルメ座も請け負った！」

縄跳びで曲芸を披露した旅芸人さん達が協力を承知してくれた。

「ガンダ座も一枚かむぜ！」

「我々も、こんなにワクワクする話に参加しない手はないぜ！」

「まったくそうだ！　歴史を動かすってことだろう！　この紅サラマンが請け負うぜ！」

これで、キュベリア使節団に同行していた五つの旅芸人一座すべてが協力してくれることになった。

「ありがとうございます。では、明日には出発できるように、準備を」

再び頭を下げる。

「出立の準備は五分もあればできるさ！　いろいろ準備がいるんだろう？　手伝うよ！　なんでも言ってくれ！」

「ありがとう……」

顔を上げ、そして再び頭を下げる。

うわーん、涙で目がにじむよぅ。

「お礼を言うのはこっちだよ！　平和な世界目指してがんばろうぜ！」

旅芸人さん達にも、キュベリアとグランラの同盟が、西の大国アウナルスとの戦争回避に大切だという考えが浸透している。

自分達の芸で、ガンツ王に同盟を考えさせると息巻いて今回参加したのだ。

「では、街に出ます！」

私は、皆の前でウィッグを外してみせた。一瞬、ぎょっとしたようだが流石に度胸も根性も人一倍の旅芸人さん達だ。すぐに表情を戻す。

「十五分後に門で落ち合いましょう」

自室に戻ると、化粧を落とし、街へのお出かけ用の定番となりつつあるメイド風の服に着替える。

髪をなんちゃってお団子にして準備完了。

いや、違う。必要なもの、必要なことを整理するために、メモを用意する。そうこうしてると、あっという間に集合の時間になった。

迎賓館に残って出立の準備をする者と別れたので、各団体から三～五名、総勢二十名ほどの人間が集まった。

先ほどウィッグを外してみせたので、侍女姿でノーメイクの私の姿を見ても、一同の驚きはなかった。サニーネさんが、耳元で「化けるのは女の武器だからね」と笑った。

街へは徒歩で移動することになった。移動しながら、色々と説明し、指示を出す。

「大きな鍋と、煮炊き用の薪だね、ガンダ座が請け負った！」

「米というのかい？　この生産農家に、米の干し草、藁っていうんだね？　それがないか確かめればいいんだね？　よし来た、まかせな！」

「木枠を作ればいいんだな？　それに糸を巻きつけるのか。芸の小道具作りで慣れてっからよ！」

「しかし、話を聞くとグランラの王都の人間はすごいな。光の街を作り出すなんてよ！　俺らは、その主催した人間を捜し出せばいいんだな！」

「たけひごか、それに似たものを用意するのは私達の仕事ですね」

それぞれが、手際よく仕事を分担してくれる。本当に、ありがたい。

「商業地区と住居地区の境目に噴水広場があります。そこを中心に動こうと思います」

「了解！」

商業地区が見えてくると、足早に解散してそれぞれが目的を果たすために動く。

私は、まずは街の様子をチェックしつつ、光の街の首謀者捜しに参加する。

日はすっかり沈み、夕飯後の時間ということもあり、街には人の姿はまばらだ。灯りが外に漏れている建物に近づけば、人の声が聞こえる。飲み屋のようだ。

ひょっこりと顔を出すと、店の女将《おかみ》さんが「いらっしゃいっ」と元気に声をかけてくれた。

ああ、この感じ。懐かしい。マーサさん達元気かなぁ。

「ごめんなさい、客じゃないんです。あの、人捜しをしていて……」

「おや、あんたみたいな若い娘が、飲み屋で人捜しとは、飲んだくれ親父でも捜してるのかい？　大変だねぇ」

いやいや、アラフォーですから、若くないですよと、心の中でつぶやく。

「いえ、あの、ガンツ様とチュリ様のお子様がお生まれになったときに、街を挙げて光のお祝いをしたと伺いまして」

と、女将さんに言うと、四方から声がかかる。

「なんだ、嬢ちゃんはよそ者かい？　あれを知らないのかー」

「すごいんだぞ、おらっちも一家総出でお祝いに参加したけどよー」

「大興奮だよなぁ！　下手な祭りよりも盛り上がるぞ」

酒を飲んで陽気な人達がひときわ明るい声を出す。

ああ、本当に街を挙げて盛り上がってるんだね。

「それで、今度のお祝いの計画を相談できる人を探しています。まとめ役のような人をご存知ありませんか？」

「何だ、何だ、嬢ちゃんも参加したいって話かい？　なら大歓迎だよ」

「今度のお祝いって、五人目懐妊の話はまだ聞かないがなぁ」

どうしようか、この話は街に広めてもいいんだろうか？

ちょっと考える。チュリ様の様子を思い出す。きっと、国民に顔を見せるということが覆《くつがえ》ることはないだろう。そこで、言うことにした。

私の言葉に、飲み屋は騒然となった。

「それは本当なのか？」

真っ先に、女将さんが聞き返す。

「ええ、チュリ様の体調が回復したので、早ければ三日後に国民の前に姿を現すそうです」

「うおーっ、お祝いだぁ！」

「それはめでたい！　かんぱーい！」

酔っ払いたちが、手に手に杯を持って上に掲げる。

「飲むぞぉ、祝い酒だ！」

そこで、女将が両手を叩いた。

「すまないけど、今日はもう閉店だよ！」

女将の言葉に、ブーイングが起こる。

「三日後と言ったのが、聞こえなかったのかい？　時間がないんだ！　準備に取りかからないとね！　今日の御代はいらないから、ヨードルは西三、サンチュリは西四、バンカは西一、ドンカたちは、北、南、東の地区長に知らせに言っとくれ！　他のもんは、街中に触れ回っておくれ！」

女将の言葉に、酔っ払い達は表情を引き締め、杯に残った酒をあおると、それぞれが役割を果たすために立ち上がった。

「あ、え？」

目まぐるしく変わる状況に、呆然と立ち尽くす。

あれ、あの、その、もしかして？

酔っ払い達が立ち去った後のテーブルを、二十歳くらいの店のお手伝いの娘が手際よく片付ける。

女将さんを見ると、目があった。

「さて、お祝いの相談って言ったね？」

女将さんは、エプロンを外しテーブルの一つに腰掛けた。私にも座るように合図する。

「あの、女将さんが、お祝いのまとめ役ですか？」

女将さんは、お手伝いの娘になにやら指示をしてから、私の質問に答えてくれた。

「まとめ役ってほどじゃないがね。元々、ここの飲んだくれの雑談から始まったからね。その流れでこの店で相談するのが恒例になってるのさ」

そうなんだ。なんか、運がいい、私！

「おい、三日後にお妃様が顔を見せるって本当か？」

店に一人の男が駆け込んでくる。

「急いでお祝いの準備を進めないと。どうする！」

続いて、また一人、また一人と息を切らせてやってきた。

あっという間に五人がテーブルに着いた。

「うちのやつにも伝えたから、今頃ご婦人の会で蝋燭をそろえていると思う」

「他の地区の代表にも今使いを送ったからね。少し遠いから到着まではまだかかるだろう」

「で、この情報はどこからだ？」

女将が、私に顔を向ける。

一同の視線が集まったところで、起立する！

まずはペコリと頭を下げる。あ、日本人の癖？

「はじめまして。私、キュベリア使節団に同行している者で、リエスといいます」

「キュベリアの？　そういえば、迎賓館に来てたな」

「チュリ様ご回復の話は、使節団へ報告がありました。三日後にお顔見せをするというのも、そこからの情報です」

私の話に、女将さんをはじめメンバーがうなずく。

「どうやら、確かな情報らしいな」

「その、キュベリアの人間が、相談というのはどういうことだい？」

ごくんと、つばを飲み込んでからゆっくりと話し始める。

ここで断られてしまったら、元も子もない。

「キュベリアからも、何かお祝いを用意しようということになったのですが、急な話でなかなか準備が整いません。そこで、街の皆様と合同でお祝いを用意できればと思っています」

女将さんが、品定めするように、私を観察する。

「ふーん。一枚かみたいってことかい？　キュベリアは何をしてくれるんだい？　資金提供でもしてくれるのかい？」

女将さんの強い視線に負けないように、目をそらさずに首を横に振った。

「資金の面は、上に相談します。今回私が、キュベリア側が提供するのは、知識、技術、アイデアです」

「アイデア？　灯りを使ったお祝い以上のアイデアがあるっていうのかい？」

ちょっと馬鹿にしたような女将の言葉。

よっぽど灯りのお祝いに自信があるのだろう。

そりゃそうだ。どれだけ美しいかというのは、容易に想像がつく。日本でもいくつか似たようなもの見てるからね！

「見てください。そして、決めてください」

女将さんと他のメンバーの強い視線に負けないように、目に力を入れる。

「噴水広場に来てもらえませんか？　そこで、お見せします」

「分かったよ、皆も、三日後の情報を提供してもらったんだ、見るくらいはいいだろう？」

うーん、今の台詞、まったく協力してくれそうにない感じなんだけど……。

「そうだなぁ、まぁ、見るだけならな」

「アイデアとか言ったって、散々俺達だって考えてるんだ、そんなに簡単にいいもんがあるとも思えないが……」

本心が聞こえてきた。

まぁいい。見てもらえれば、こっちのものだ！

噴水広場に行くと、他の地区のまとめ役を一座の人が連れてきてくれていた。

他の一座の人も、探していたものが見つかった人達から集まってきている。

「おや、皆おそろいだねぇ、ちょうどいい。この後、皆と相談できるってもんだ」

「皆」の中にたぶん、私やキュベリア陣営は入ってないんだろうなぁと苦笑い。

まぁ、ずっと街の人達と続けてきたお祝いに、急によそ者が入るなんてすっきりしないのは分かる。

よそはよそでも、同じ国の人間ですらないんだ。拒否感が半端なくても仕方がない。

だけど、成功させたい。

同盟の足がかりが欲しい。それに、チュリ様をお祝いしたい。

心の内をのぞいてしまったからこそ、チュリ様の新しい門出を純粋にお祝いしたい。それが、同盟につながるなら、一石二鳥だ。

「キュベリアから来たリエスが、見せたいものがあるっていうんだ、みんな見てやってくれ」

酒場から一緒に来た男の一人が皆に声をかけてくれる。

視線が、集まる。

私は、斜めにかけていたカバンの中から、隠し玉を取り出した。

「まずはこれを見てください」

日が落ちて、広場は月明かりと、何人かが手にしている灯りしかない。

手にした隠し玉が、皆に理解されるわけもない。暗いからだけじゃない、見たこともない品なのだから、当然だ。

私は、手にした隠し玉――山小屋で作った紙――を、いくつかにちぎって、周りの人間に手渡した。

「何だ？　これは？」

「布でもない、木の皮？　いや、違うな……」

人々は、紙を近くの人に回しながら見て首をかしげる。

匂いを嗅ぐ者、手触りを確かめる者、私がしたように破ってみる者、折り曲げてみる者……それぞれが、初めて見る紙を興味深げに観察している。

「いったい、これは何なんだい？」

女将さんの問いに、簡潔に答える。

「紙です」

「紙？　確かに、見たこともない珍しいものだが、これが、お祝いのアイデアだっていうのかい？」

私は、カバンの中から紙を二枚取り出した。

キュベリアの雑草で作った手作りの紙。隠し玉として用意したそれは、色は枯れた草色と言えばいいだろうか？　日本で見るような綺麗な漂白された白い紙ではない。手触りもザラリとしている。

それから、カバンから米粒を取り出し、二枚の紙を袋状に貼り合わせる。

一座の皆が集めてくれたたけひごを十字に組んで、袋の入り口を広げた形で固定する。

蝋燭に火をつける。たけひごの中心に、蝋をたらし、蝋燭を固定する。

キャンドルホルダーといえばいいのか、灯籠といえばいいのか。

蝋燭の光を直接見るものとは違い、紙全体が灯りに照らされて幻想的に輝く。

お願い、どうか成功して！

「ふーん、なるほどね」

女将さんの、手放しで褒《ほ》めるわけではないという声。

祈るような気持ちで、灯りを見つめる。天に私の声が届いたのか、次の瞬間それは起こった。

「お！　おお！」

一同の一瞬のどよめき。そして、視線は一点を見つめる。

「キュベリアの！　このアイデアもらうよ！　知識、技術、アイデアの提供をありがたく受けさせておくれ！」

女将さんが、両手で私の手をしっかり握った。

「はい、ありがとうございます。素敵なお祝いにしましょう！」

やった。とりあえず第一関門突破だ。

次は、三日しかないという時間的問題だ。

「早速ですが、時間がありません。紙の作り方を教えます。皆さんで必要な数を作ってください」

鍋や藁などを調達してきてくれた一座の一員を手招きする。

「煮炊きできる場所はありませんか？」

「おお、それなら、ほら、そこに」

指さされた場所は、なんと噴水広場の噴水の一角だった。

「おーい、誰か薪を持ってきてくれ」

噴水の一角が、確かにかまどみたいなくぼみになっており、薪を入れる穴もある。

「時間がないんだろう？　手伝うよ。この鍋で何を煮るんだい？」

女将さんが、てきぱきと鍋を噴水の一角のかまどに設置する。水は噴水から入れる。

もちろん、噴水といっても、日本にあるような水が下から上へ噴き出すようなものではない。ローマに古くからあるような、上部から水が落ちる形の噴水だ。水が循環する方式であるわけもなく、もしかして飲み水としても利用できるものなのかもしれない。

「灰も必要なんです。どなたか、灰を準備してくれませんか？」

「おう、家が近くだ、すぐに取ってくる！」

「ありがとうございます。では作り方を説明しますので、覚えてすぐに手分けして数を作ってください」

まずは、水と灰と藁を入れて煮る。煮るのが一番時間がかかる部分だ。煮ている間に、鍋や藁など次々と必要なものが集まってくる。街の人達の結束力のすごいこと。

驚くことに、噴水にはかまどが他にもあり、四方に配置されている。

なんで、こんなところに？　と、煮ている時間に女将さんに聞いてみた。

「先々代の王様が作らせたのさ。街の人が飢えて死ぬことがないように、広場で炊き出しができるようにとね。ここ十年は使うことはなかったが、その前は三～四年に一度はお世話になっていたよ。

本当にありがたい」

そうなんだ。いざというときのために、先々代の王様が……。

「そうそう、嬢ちゃん、この町は緑が多いと思わなかったかい?」

「はい。確かに、緑豊かな街だと思いました。お城もとても緑が多くて美しいです」

「ほとんどの木が実をつけるし、植物も食べられるものばかりなんだよ。人々が飢えないように、誰でも取って食べることができるんだ。但し、独り占めしたり、儲けようとすれば罰せられるがね」

うわー、すごい街だなぁ。

先々代の王から続く、国民を第一に考えた様々な政策を聞くうちに、国民がいかに王家を尊敬しているかが分かった。そりゃあ、自分達のことをこれだけ考えてくれる王様がいれば、尊敬、いや、崇拝するよね。

四方の大鍋でぐつぐつと藁を煮る。

「他の鍋はあと二時間は煮なくてはいけませんが、こちらの鍋には特殊な粉を入れましたのでもう煮えました」

時間がないので、ちょっぴりオーパーツ使用。まぁ、証拠隠滅っていうか、使ったらなくなっちゃうからいっか的な?

アラフォーなめんな! エコとかって言葉でつい買ってしまうんだよぉ!

これで、あちこちぴっかぴか! 環境にも優しい!

そう、重曹。買ったはいいけど、実際に使ったのは三回だけです。独り暮らしの生活では、重曹を使わなければ落ちないほど流しとかも汚れないのよね。え？　自炊の回数が少ないからだって？　てなわけで、結構残っていました重曹が。まさか、紙作りに役立つとは！　灰で煮るよりもすごく時間が短縮できます。

取り出した藁を水洗い。幸い噴水から水が出ているし、排水もされるのでありがたい。洗ったら、叩く。そして、すりつぶす。

水に入れる。小麦粉糊を少しだけ入れる。そして、木枠に糸を張った紙すき枠で、紙を作る。

私が見本で動作をすれば、すぐにまわりで何人も練習を始める。

「枠から外し、軽く押さえて水分を抜いて、天日《てんぴ》に干します。天気がよければ半日も干せば乾くと思います。乾かす時間を考えると、紙作りに使える時間は二日しかないと思います」

私の言葉に女将さんはうなずいた。

「そうだね。急ごう。各家庭でも、早速鍋で藁を煮てもらおう。男衆は、藁や他の材料の調達をまずしておくれ。煮あがったら、叩いたりすりつぶしたり、各地域で役割を分担して手際よく紙を作っておくれ！」

「おうさ！　分かってるとも！」

空いた鍋を再び火にかける。もう一度、重曹を入れ、さっさと煮る。

「こちらの中身は、もらっていきます」

煮終わった藁を水洗いし、絞って旅一座に引き渡す。

「作り方は、分かりましたか？」

五つの旅一座の面々は各々うなずく。

「ちょっと練習もしたし、大丈夫さ」

「では、これを……お願いします」

煮た藁を五等分してそれぞれの一座の者に渡す。

「ああ、任せときな」

旅の一座の皆は、打ち合わせた通り、すぐに迎賓館へと戻って行った。

旅の一座にはランクがあると知ったのは、旅一座達がグランラの王都を出発してからのこと。

馬車に乗り込んで街を出る一座達を見て、街の人が教えてくれたのだ。

「さすがに、キュベリア使節団に同行するだけのことはあって、一流の一座ばかりだねぇ」

「芸を見ていないのに分かるんですか？」

「だって、馬車に乗っていたじゃないか」

そういえば、この世界って馬は特権階級の一部の人しか乗れないんだった。

馬車が使えるのもほんの一部の人間。旅の一座が馬車に乗っているっていうのは、確かに不自然だ。

後でアジージョさんに尋ねたところ、どうやら、国公認の一座には馬車の使用が認められ、王より馬を賜るらしい。

オリンピックじゃないけれど、何年かに一度芸を競い合う大会があり、それでよい成績を収めればいいんだって。

但し、馬を下賜《かし》された一座は、興行を自由に行えなくなる。

収益を考えれば大きな街、豊かな街で興行するのが一般的だ。しかし、馬車付き一座は年の四分の一ほどを、収益が得られないような小さな街や遠くの街の巡業に当てなくてはならない。まぁつまり、貧しい街や、ど田舎にも娯楽は必要なわけで。国が費用を持ち、娯楽を提供してもらうために巡業先を指定するらしい。国から金が出るといっても、大きな街を巡業した方がよっぽど稼ぎになる。

一年の四分の一も自由に興行できなくなるのは、一座にとってマイナスのようだが、馬車付きの一座ということで、箔がつくので他の一座の憧れらしい。

というわけで、国の中でもトップ五の一座をぜーんぶ引き連れてのグランラ入りだったわけで。その芸が、すべてガンツ王のお眼鏡にかなわなかったことに、キュベリア使節団一同相当ガッカリしたようだ。

同行していた一座の皆の立ち直りが早かったのは、さすがトップの座を競うような人達というべきか。

うん、彼らに任せておけばきっと大丈夫。

帰っていく皆の背中を見送り、鍋に視線を戻す。

重曹を入れていない鍋の藁も煮えると、水洗いに続いてあちこちで叩く音が響く。

あちこちから灯りを手にして人がたくさん集まっているし、忙しく人が行き交っている。

「こうでいいんだね」

「ええ、そうです」

「これは、このくらいでいいのかい？」

「もう少し多めに」

行程の途中で確認の声がかかる。私はそれに答えるくらいで、他の段取りや作業はもう街の人達の手に移った。

作業する人達も慣れてくると、私に声をかける人の数も減る。

それを見計らって、女将さんに声をかけた。

「第一弾の紙が完成するのは、早くて明日の午後ですね。そのときに、また来られるか分からないのでその先の説明もします。何人か人を回してもらえますか？」

「ああ、五、六人でいいかい？」

女将さんが手配してくれた人達に、出来上がった紙を使って、その先の説明をする。

小麦粉糊か、米粒などで紙を貼り合わせ、それからこうして、ああしてと。

「この紙は、藁ではなくただの雑草から作ってあります。もし藁が足りなかったら、雑草からでも作ることができると覚えておいてください。ただし、煮る時間が変わってきます。場合によっては紙にならないこともあるので、藁に近い種類の草が適しています」

そのほか、思いつく限りの注意点を教える。


気がついたら、太陽が顔を出していた。

広場と言わず、街の通路という通路に、乾かすために板にのせた紙が広げられている。どうやら、板が足りないのか、家のドアやテーブルなども使われている。間に合わせようと皆必死だ。

すごい、もうこんなに作ったんだ。一つをそっとつまんで見る。結構、いい感じに和紙になっている。

これなら、三日後の、いや、もう二日後のお祝いに間に合うんじゃないだろうか？

ほっとしたら、急に眠気が襲ってきた。

徹夜なんて無理ですよ。

アラフォーの体力のなさをナメンナ……デゴザイ……マス。

ふわりと、眠たさの波に襲われて頭がぼんやり。

うわー、倒れる……。

壁に立てかけてある板におでこをぶつける間際、しっかりとした力強い腕が私の腰に回された。

ぶつからずにすんだ……。

ただ、それだけしか頭が働かなくて。

誰の腕だって考えることもなかった。

「女神」と聞こえたような気がした。


ココ、何処？

目に映る天井は、迎賓館とは異なり、木がむき出しで質素なつくりだ。

一番初めに思ったのは、マーサさんのお店の二階？

いやいや、そんなはずはない。頭を軽く振って、意識をはっきりさせる。

そうだ、昨日徹夜で紙作りをして、そのまま意識を失うように寝ちゃったんだ。

で、ココは何処？

固いベッドから起き上がり、枕元に置かれたカバンを引き寄せる。

あー、無謀だった。カバンがあって良かった。もし、意識を失った後に誰かにカバンを取られたら……。

怖！

今度からもっと気をつけなくちゃ。何か方法を考えよう。やっぱりスカートの中に忍ばせておくのが一番なのかな。でも、中から何かを取り出すのはすごく大変だよね。

そういえば、誰かに倒れるのを助けてもらった気がする。

この人の家？

いつまでもベッドの上にいても何も分からないので、部屋を出る。下へ続く階段があったので、下りて行くと声がかかった。

「おや、起きたかい？　お腹空いてるだろう、まずお食べ」

女将さんがいた。どうやら女将さんのお店の二階だったようだ。どうりで、なんとなくマーサさんの部屋っぽい感じがしたわけだ。

窓の外を見れば、太陽はすっかり昇っている。しっかり昼まで寝てたようだ。

昨日の夕飯から何も食べていないので、女将さんが出してくれた食事をありがたくいただく。

「ほら、見ておくれ！」

食事が終わると、手を引かれて店の裏口から外へ出た。店の裏には小さな小屋があり、小屋にはたくさんの紙が積まれていた。

一枚手にとる。多少のすきむらはあるけれど、薄くて軽くて丈夫な和紙ができていた。

そうか、もう昼だもん。第一弾が乾いたんだ。

それにしても、もう、こんなにたくさん。

ざっと見た限り、百枚や二百枚じゃない。千枚？　二千枚？　今も作り続けているんだから、いったいどれだけの量ができることか。

「あと二日で、お祝いの準備は何とかできそうですか？」

私の問いに、女将さんが胸を叩いた。

「任せておきな！」

「はい。任せます。それから、キュベリアからの資金提供の話ですが」

「いらないよ。立派なアイデアと技術を提供してもらったからね！」

私は、首を横に振った。

「いいえ、帰って相談してきますから」

共同のお祝いというには、キュベリア使節団は実は何もしていない。ほぼ私の単独行動だ。これじゃあ、何か突っ込まれたときにぼろが出そうだ。せめて使節団として金銭的にだけでも絡んでもらわないと。

「あの、仕事があるので、帰ります。ご馳走様でした、おいしかったです。また来ます」

丁寧に頭を下げて、店を後にする。

街中ところ狭しと、紙を乾かすための板が立てかけられている。祭りの準備の姿そのものだ。学園祭を思い出す。

昨日の夕飯の後からだから、一晩と半日迎賓館を離れていたことになる。

朝食までには帰ろうと思っていたんだけどなぁ。うっかり眠っちゃって遅くなった。心配してないといいけど。

一座の面々と打ち合わせや準備があるということで出てきたから大丈夫だとは思うけれど。

と、視線を道の先に移すと、馬に乗って駆けてくる人影。

「女神！　また、お姿を拝見できたことに感謝いたします！」

「トゥロン？　どうして、街に？」

馬を下りたトゥロンは、道の端に寄って声を潜めた。

「リエス嬢を捜しているのです。女神はご存知ですか？」

え？　私を捜してる？　なんで？

「何故、捜しているんですか？　一座の皆との相談で出ているという話は伝わってないいんですか？」

「もちろん、伝わっています。それが、今日の夕食に、リエス嬢の同席をとガンツ様から連絡がありまして。夕飯までにはお戻りくださるようお伝えしなくてはならず、手の空いている者皆で捜しているところなのです」

げ、会食かよー。お断りしたい。このまま雲隠れしちゃおうか？

って、そんなわけにもいかないよねぇ。わざわざ、私のような下っ端を呼ぶってことは、チュリ様がらみかもしれないし。

何にせよ、断れるような立場にもない。

それに、もしかすると、同盟へ一歩近づけるかもしれないんだし。

「そうですか。行き違いになったのでは？　先ほどリエスは一座との一通りの打ち合わせを終えて、迎賓館へ向かいましたよ？」

「本当ですか？」

嘘をつくのは良心が痛むなぁと思いつつ、うなずく。

「リエス嬢が迎賓館にお戻りになったのであれば、私の仕事は終わりです。女神よ、よろしければご一緒させていただけませんか？」

え？　報告に戻るとかしなくていいのかな？　まぁ、リエスの姿が迎賓館にあればそれも必要ないかもしれないけど。

「えーっと、私ももうリエスの近くに戻ろうかと思っていたところなんですけど？」

戻らないとやばいみたいなので。

「では、是非とも、送らせてください！」

「ありがとう。では、お願いします」

なんだか、トゥロンに馬に乗せてもらう回数めちゃくちゃ多いよね？　すごい偶然。

正直、助かってます。歩いて帰りたくなかったもん。

徹夜で奔走して、一眠りしたけれど……。

アラフォーだし、まだ疲れてます！

徹夜したら、三日は疲れが取れません！　だれか、ユンケ○買ってきて！　八百円レベルのでよろしく！　安いのはもう、効きません……凹。

馬上で揺られながら、トゥロンと雑談。のんびりした速度なので、充分会話ができる。

「街中の様子が随分変わっていて驚きました。皆さんが何をしているのか女神はご存知ですか？」

ぎくっ。思わず、体を固くする。

ほんの一瞬のことだったけれど、馬上で体が触れているのだ。気づかれないわけがない。

「ご存知なのですね？」

どうしようか。三日後、いやもう二日後か。

二日後にはネタバラシをするわけだし、今言っても問題ないかな？

いや、敵を騙すにはまず味方からとも言うし、どこから情報が漏れるか分からない。

使節団に知られて、うっかり「王都の皆とお祝いを用意しましたので、是非お楽しみください」なんてガンツ王に言われた日には興ざめしちゃうだろう。せっかくサプライズなのにね！

知らないというのも今更だ。仕方ない。

「内緒です」

へらりと笑って誤魔化した。

トゥロンは困ったような顔をしたが、それ以上この話題には触れないでいてくれた。

迎賓館の入り口で、トゥロンと別れた。

私の後ろ姿を見送るトゥロンは、先ほど見せた困った顔をしていた。私は気がつかなかった。

「女神、トゥロンめは、あなたを守りたい……どうか、目に留まるようなことが起きませんように……」

トゥロンのつぶやきも、私の耳には入らなかった。


物陰で、念のためウィッグとヴェール付き帽子を装着し、部屋に戻る。幸い、誰にも見咎められることなく部屋に到着。

すぐに、アジージョさんの控えている隣の部屋をノックした。

「ただいま。なんだか、私を捜していると聞いたんだけれど、戻ったと伝えてくれる？　それから、疲れたので、少し休みます。二時間くらいしたら、お茶をお願いできるかしら？」

アジージョさんは返事をすると、すぐに部屋を出て行った。

さーてーと。

どっかりと、ベッドに腰を下ろす。

「マジ疲れたー」

そのままごろんとベッドに横になると、カバンに手を入れて、携帯を掴《つか》む。

昨日はメールチェックできなかったんだよね。

手に持ったとたんに、バイブがぶるぶる。

電話？　誰？

「もしもし」

「佐藤梨絵《さとうりえ》さんの携帯で間違いないですか？」

あー、なんだか懐かしい。佐藤梨絵って、自分の名前が懐かしいとかっていうのも変な話だ。

「はい、そうです」

「○○宅配便ですが、お届け物です、今からお届けしても大丈夫ですか？」

はて？　荷物？　実家からかな？

でも、実家には荷物届けるときは時間指定で夜にしてくれって言ってあるんだけどなぁ。

「はい、すぐですか？　あの、玄関の鍵を開けるので、中まで入れてもらえませんか？　受け取り表を荷物の上においてください。サインをして郵便受けから渡しますから。その、人前に出られない格好してるので」

「分かりました。では、二～三分でお届けにあがります」

というわけで、無事に荷物を受け取った。

六○サイズの箱が三つ。

差出人の名前を確認。三つとも同じ人から。もっと大きな箱に入れてまとめればいいのに。

「山下さん？」

えーっと、山下って誰だっけ、あ、そうだ！

吾妻さん関係の人だよ！

住所も確認すると、確かにオークションで銀貨を送った住所っぽい。

なんで？　何が送られてきたの？

開けようとして、手を止める。

吾妻さん宛ての荷物の可能性もあるわけだよね？　っていうか、間違いなく吾妻さん宛てでしょ？

どれくらいの大きさのものなら持ち込めるか聞かれたときに、ティッシュの箱三つ分くらいと答えた覚えがある。

まさに、この六〇サイズの箱のサイズ。わざわざ三つに分けて送ってきたのって、この箱を運んでほしいからじゃないの？

開封はやめて、まず吾妻さんに問い合わせることにする。

携帯開いて、メール画面に。

そうだ、メールチェックの途中だった。

「あ、吾妻さんからメール来てる、なになに……」

『携帯は手配した。こちらの世界に送ったら、取りに行く。受け渡し場所を指示してくれ』

え？　携帯を手配？

ああ、そうだ！　私ってば、入金額に驚いてすっかり忘れてた。

返金方法を教えてほしいとメールした時点で、返事待ち態勢だったけど、携帯電話を入手しなくちゃいけなかったのに！

手配したって、この山下さんからの荷物がソレ？　だよね？

っていうことは、私はこの荷物を日本からこっちの世界に運ぶだけでいいってことになるよね？

ああよかった。新規契約とかできないしどうしようと思ってたんだよね。プリペイド携帯とか、何か方法ないかって困ってたところだ。携帯を用意してもらえて助かったよ。

でも、運ぶだけってことは、携帯代金まったく必要なかったわけだから、百万円どころか十万円でも多いよね？　どうしよう、幾らくらいもらえばいいのかな……。

とにかく、まずはメールしとこう。

『山下さんから荷物が三つ届きました。まだ開封してません。私は今、グランラの王都にいます。あと数日で滞在場所が変わる予定です。お金ですが、あんな大金いただけませんので返金します。返金先を教えてください』

珍しく、すぐに返信がある。

『不要なものは減らして運びやすいようにしてくれ。グランラ王都近くに知り合いがいる。二日後に取りに向かわせるが大丈夫か？　場所を指定してくれ』

という内容のメールのタイトルが……『返金不要』

ちょ、ちょ、ちょ――っ。

返金不要って、返金不要って、返金不要って！

いやいや、素直に受け取れないでしょ？　一千万円ですよ？　銀行から電話やらメールやら頻繁に来る金額ですよ？

十万なら「そうですかぁ？　ありがとうございますぅ！」って受け取っちゃう金額。

百万だったら、何度も申し訳ないと思いながらも、背に腹はかえられないと、最終的にはもらっちゃう金額。

ええ、日本円入手のあてがないので、とりあえず吾妻さんがいいって言うなら、もらっちゃうよ。

正直なところ、もし返せと言われても、百万円くらいなら、日本に戻ったあと働いて返せる金額だし。

でも、さすがに一千万円はないよね？

返金不要って言われたって、そうはいかない。もらえませんって。

んー、まぁいいや。返金方法については、また後日相談するとして、荷物の受け渡しを優先。

不要なものを減らして運びやすくとあったので、山下さんから届いたダンボールを開封。

携帯電話四台、スマフォ四台、タブレット二つが入っていた。

箱はいらないよね。

説明書は、いるかな？

電話とメールができればそれでいいなら、いらないよね？　いや、スマフォはいるかな？　指でタップするとかわかんないよね？

んー、でも嵩張《かさば》るし。

「そうだ！」

タブレットもあるし、説明書を写真に撮っておけばいいよね？　ＳＤカードとかならコンパクトだし。

基本操作の部分だけあればいいよね？　あとはネットで調べれば分かるし。

早速、基本操作の説明書を吾妻さんのスマフォで写真撮影。

って、保存するためのカードないじゃんよ！　仕方がない、確か家に使ってないのがあった。サービスで付けてあげるよ！

そうだ。

買ったけれど、まだ使ってないやつがあったはず。

災害用の携帯充電にと「太陽光携帯充電ストラップ」があったはず！　お値段およそ三千円。これも、サービスしとこう。だって、五つも持ってるもん。

え？　何で五つも持ってるかって？

「一つ三千円、五個セットなら今だけお得な九千八百円に送料無料です！」

ええ、深夜の通販番組にやられました。セットでお得とか、送料無料とか、今だけとか、そんな言葉に弱いアラフォー女子ですがナニカ？

確か、手動で充電してるって言ってたよね。他の人にオーパーツである携帯の充電を頼むなんてしないだろうし。

どっか人目のないところに太陽光充電器設置できれば、楽になるんじゃないかな？

そうだ、どんな状況でメールや電話してるのか知らないけれど、コレあったら便利なんじゃないかな？

イヤホンマイク。

説明書の写真撮影と、カードとソーラー充電器三台とイヤホンマイクをサービスでつける旨《むね》手紙にしたためる。

それから、これを運ぶためにダンボールじゃ駄目だから、何かクッションになるものと、人に見られても不自然にならない梱包を用意しなければならない。

サービス品と、その梱包資材代などを含めて、思い切って三十万を要求しようと思う。

あー、ぼったくりすぎかな？

いい。決めた決めた。九百七十万円を返金。手紙に追記。

この携帯が吾妻さんの手元に着けば、もっと頻繁にメールのやり取りができるだろう。何とか、返金先を聞き出すこともできるはず。

説明書を撮影したり、手紙を書いたりしているうちにあっという間に二時間経っていたようだ。

「リエス様、お茶をお持ちしました」

ノックの音に、アジージョさんの声。

すっぴんのままだー。どうしようかな。

ベールひっかぶって、ドアを開ける。

「ありがとう」

ドアの向こう、アジージョさんの後ろにはシャルトとサマルーがいた。

「お茶をご一緒してもよろしいかな？」

うはーっ。べ、ベールひっかぶっていてよかった。でも、これじゃあ、お茶飲めなくないか？

すっぴん晒すわけにはいかないし。

断る？　えーっと、どうしよう。

まぁいっか。お茶はベールの中に入れて飲もう。

「申し訳ありません、まだ身支度が整っていませんので、このような格好でもよければ……」

シャルトがほほを染める。

「こちらこそ、失礼いたしました、あの、また後に……」

身支度の整っていない女性の部屋に来るなんて、まぁ普通は失礼だよね。

「いいえ、お話があるのでしょう？　私を捜していたと聞きました。長く留守にして、ご迷惑をおかけしました。どうぞ、お入りください」

私を捜していたというし、会食は今晩だし、結構急な用事なのかもしれない。

サマルーが部屋に足を入れるのを見て、シャルトも戸惑いながら後に続く。

応接セットに腰掛けると、アジージョさんがお茶を用意してくれた。

「どうですか？　一座の皆さんと、お祝いの相談ははかどっていますか？」

サマルーが一番に口を開く。

さて、どう答えたものか？

「使節団の方は、どうですか？」

とりあえず質問返ししとく。

「今回は、ガンツ王ではなく、妃であるチュリ様のお祝いですから、無難に装飾品にしようということになりました」

シャルトが答える。

「そこで、リエスさんに品選びをお願いしたいのです。リエスさんはとてもセンスがありますから」

シャルト、何をもってして、私のセンスを知ったのか？

こっちの世界の流行とか全然知らないよー。もっと別の人に頼んだほうがいいと思うよ。

「私は、貴族ではありませんし、高貴な方がどういったものを好むのかも知りません。とてもお役に立てるとは思えません」

断る。

「そう難しく考えなくてもいいですよ。今回は日数もありませんので、ドレスや装飾品をデザインして仕立てるわけではありません。材料となる生地や宝石を贈るつもりです。リエス殿には、チュリ様に合う色を選んでもらえればいいのです」

サマルーの言葉にハッとする。ああ、そうか。チュリ様のお顔を拝見したのって、使節団の中では私だけだもんねぇ。

髪の色や肌の色も知らなければ、どんな色が似合うのか分からないもの。

「分かりました。チュリ様に似合う色を選べばいいのですね」

引き受ける旨を伝えると、サマルーは軽く頭を下げた。

「ありがとうございます。明日、幾つかの業者が商品を持ってやってきますので選定をお願いします」

「明日、ですね」

ってことは、迎賓館にいなくちゃいけないってことだよね？　どれくらいの時間がかかるんだろう？

街に出る時間あるかな？　まぁ夕食後でもいいし、何とかなるか。

明日の予定、チュリ様の贈り物の選定、街の準備のチェック、吾妻さんへの荷物の梱包。

そうだ、女将さんに資金の提供の約束したんだ。

「あの私からもお願いがあるんですが、お金ください」

サマルーとシャルトが、ハッとした顔になる。

「もちろん、それなりの報酬は」と言うサマルー。

「何かお困りでしたら、僕が力になります」と言うシャルト。

おっと、言い方がまずかった。

「お金がいるのは、私ではないのです。何から話せばよいのか」

そして、どこまで話せばいいのか。

「チュリ様の出産の際、王都市民がお祝いをしたという話はご存知ですか？」

「ええ。詳細は知りませんが、街を挙げたお祭りを催したそうですね？」

「どこの国でも同じですね。何かを理由にお祭りを催すというのは」

サマルーもシャルトも、使節団の人間がその程度の認識かぁ。

もうちょっと情報収集したほうがいいよ。

いないのかな？　他の国の情勢を常に伝える、お庭番？　スパイ？　そういう人。

それとも、伝聞の伝聞の伝聞とか、伝言ゲームみたいに情報がどっかで抜け落ちちゃうのかな？

もしかして、紙がないから本当に伝言ゲーム状態なのかも。

報告書ってどうしてるんだろう。

板に書いてる？　革とか布とかに書いてるのかな？　どちらにしても、紙より嵩張ることは間違いない。

特に板なんて小さく折りたたんで懐に隠すなんてできないし。見つかったときに、飲み込むというような荒業もできないよね。

「今は詳細は省きますが、チュリ様もガンツ様も、王都市民のお祝いに大層感激しているという話です。チュリ様付きの侍女に聞いた話ですから確かだと思います」

「ほー、ガンツ王の心をも動かすのか」

サマルーが食いついた。

「今回、チュリ様の快気祝いということで、再び王都市民も動くようです。キュベリアも、その祭りに一枚かませてもらうというのはどうでしょうか？　市民とキュベリアの共同プレゼントということで」

「そこで、お金ですか。資金提供ということで協力を申し出るということですね」

サマルーは頭の回転が速くて助かる。

これだけ頭が働くのにイマイチ使節団の行動が物足りないのは、やっぱり情報不足だからかな。

「ぜひ、資金を出しましょう！」

シャルトの発言とは反対に、サマルーは消極的な意見を述べた。

「そうですね。しかし、王都の人間がどう思うか。金だけ出して、成果を横取りするような行為を受け入れてくれるだろうか？」

サマルーの言うこともっともだ。女将さんもはじめは渋い顔してたし。

「実は、昨日街へ出たときに、偶然入った食堂で祭りの主導者の一人と知り合いまして……その方は食堂の女将さんだったのですが、交渉の末よい返事をいただくことができました」

技術提供のことは伏せる。

そして、相手が女将さんだという事実を入れ込む。

「ああ、なるほど、女将さんにもメイクを？」

頭の回転の速いサマルーのことだから、勝手に交渉内容を想像してくれた。

今は本当のことは伏せておきたいから、誤解を訂正することはしない。

「想像にお任せいたします」

しかし、どれだけメイクが万能だと思ってるんだろう？

女性にだって、全然見た目のこと気にしない人だっているんだよ。サマルーとか上流階級の人には、着飾ることがすべての人が多いんだろうか？

まぁ何はともあれ、無事に資金ゲット。女将さんに明日届けることになった。

「そろそろ、お時間が……」

話が一段落ついたところで、アジージョさんが声をかけてきた。

「ああ、もうそんな時間か。リエス殿、実はガンツ王から夕食の招待を受けています。ぜひ、リエス殿に会ってお礼が言いたいということで」

あー、そうだった、そうだった。今日の予定は会食が残ってた。

「一つお尋ねしたいのですが、二日後の予定はどうなっていますか？　私は、街に出たいのですが、よろしいですか？」

これ、確認しておかないと。

もちろん、お祝いの準備をお手伝いしようというのもあるけど、吾妻さんへの荷物の受け渡しもしなくちゃいけないのだ。さすがに、迎賓館まで取りに来てもらうのは「身バレ」しちゃいそうなので避けたい。

正体を隠す上で、グランラに来ているときというのは、ラッキーだった。キュベリア在住（仮）というのを隠せたから。

うん、やっぱりまだ正体は隠したい。吾妻さんがどういう人なのか分からないもの。

一千万円とかぽんっと出せちゃうなんて、やばい筋の人かもしれないし。

吾妻さんと山下さんがどんな関係なのか分からないけれど、頼まれたからって、こんなに短期間に携帯を何台も契約できる？　結構本人確認とか、めんどくさいんじゃない？　どうやって吾妻さん名義で契約するんだろう？　もしかして、山下さん名義なんだろうか？

それにしても、スマフォ四台と携帯四台でしょ？　維持費は、一台五千円としても、月に四万ずつ料金かかるんだよ？

もう、私の感覚では謎だらけで、想像もつかない。

だいたい、どうやって膨大な数の出品がある中から、キュベリアの銀貨を発見したんだろう？

それも謎だよ。まさか、レイヤーとか？　グアマキ、コスプレって単語を入れて出品してたしなぁ。

「二日後は、チュリ様の顔見せの後、簡単な祝賀会が催されます。私達も招待を受けていますから、昼食時から夕方くらいの時間はいなくてはいけないでしょう」

「そうですか、では、日が落ちてからは街へ出ることができますね？」

確認できたので、シャルト達が部屋から出て行ってから吾妻さんにメールする。

二日後の日が落ちてから、場所は王都にある女将さんの店。名前を覚えていてよかった。

合言葉を設定して、相手が分かるようにする。

佐藤梨絵の名前はばれてるけれどね、リエスの方は知られてないから。私の名前が出ないように、女将さんか、女将さんの知り合いに仲介を頼むつもり。まぁ、いくらか出せば、誰か引き受けてくれるよね？

メールを送信したら、今度は会食のために、フルメイクとドレス。

準備が整ったところで、ドアがノックされた。

さぁ、会食へ出発です。

何が起きるのか！


会食を終えて。

何が起きたのか。

うん、あれだ。

精神ゲージが、減ったね。

チュリ様とガンツ様のラブラブアマアマ攻撃は、独身アラフォー彼氏いない歴数年の私には、きつかった。

化粧をした顔も美しいが、素顔が一番好きだよ（ハート）。

とか。

私は、どんなガンツ様も大好きです（デレッ）。

とか。

多くの人の前に出してチュリを見せるのがもったいない（キリッ）。

とか。

いつもあーなのかとチュリ様付きの侍女に確認したところ、いつも以上ということだった。

なんだろう。誤解が解けた二人は、一歩上のステージにでも行ってしまったのだろうか。

何はともあれ、お二人にはとても感謝された。

リエスのおかげだと、何度言われたことか。

しかし、残念ながらキュベリアという単語を聞くことはなかった。そのあたり、ガンツ王は賢いよね。

そして、会食では、侍女達が施した化粧をチュリ様はしていた。

それはもう、完璧！　私が教えた以上のできばえだった！

グッジョブ！　と、侍女に親指を立てて見せたが、ジェスチャーは伝わらなかった。

結局、会食に私を招待したのは、お礼を言うためと、侍女の化粧のチェックが目的ということだった。

それから、チュリ様初めての外交？

急に多くの人達の前に出るよりは、少人数からということもあったようだ。だから、私とサマルーとシャルトの三人が呼ばれての会食になった。ほら、私にお礼言うだけなら会食って形じゃなくてもいいじゃない？　呼んでお礼言って終われば。

外交とはいっても、チュリ様は顔見せだけなので特に難しい話もしなかった。キュベリアの面々も、余計な発言もせず穏便に終わった。

そう、穏便なのだ。

なんと、すばらしいことだろう。

だって、いったんはガンツ王を怒らせちゃったんだよ？　それが今回の会食では終始笑顔。

やりましたよ。汚名挽回じゃなくて、名誉挽回、汚名返上。

部屋に戻ると、ほっとして気が抜けたのと、疲れとで、意識を失うように寝た。

ああ、やっぱり徹夜の疲れが取れていない。一回徹夜すると三日はダメ……アラフォーなめんな、ぅ。メールチェックとか、まぁいいや……。おやすみ。


次の日、朝食が終わり、広間に移動するとそこは市場だった。

「うわー、すごい……」

本当に、市場っていうか、繊維問屋と見まごうばかりに、広間いっぱいに生地が並べられていた。

四〇～一〇〇センチメートル幅の反物《たんもの》状のものが積みあがり、お勧め品というようなものが、広げられていた。そんなテーブルが、幾つも並んでいる。それぞれに商人らしき人物が数人ついている。

流石、お妃様へのお祝いの品選び！

シャルトとサマルーと三人で、端のテーブルから見て回る。後ろにはアジージョさん他数名の侍女がついている。

商人が、こっちの布は素材は何で、織り方がこうで、染め方がどうだと説明してくれる。

えーっと、このペースで一つずつ説明聞いていたら、すごい時間がかかりますよね？

そこで、申し訳ないんだけど、商人の話をぶった切らせてもらうことにした。

「こちらの布はお幾らですか？」

商人の目が一瞬、点になる。しかし、流石に商売人だけのことはあり、すぐに表情を戻す。

アラフォーですからね、一瞬のことも見逃さないですよ！

なんで目が点？　値札がないんだから、値段聞くよね？

「こちらは、金貨二十枚でございます」

た、高い。

およそドレス一着分の生地が金貨二十枚か。

日本円で二百万。まぁウエディングドレスの値段を考えればなくもない値段なのかな。

「一番高価な生地はどれですか？」

私の質問に、商人は一瞬目をキラリと輝かせた。だ・か・ら、一瞬でも見逃さないよ。ふふっ。

お妃様への贈り物だから、高ければ高い生地ほど喜ばれると勘違いしてる客にでも見えたかな？

「で、お幾らですか？」

「金貨百枚になります。ですが、それだけの価値が充分にございます」

げ、一千万円かよ！　仕立て前のただの生地だよ？　それに、見た感じ、他の生地と何が違って

どうして高いのかさっぱりわかんないのに。

商人は、この生地がいかに金額に見合ったすばらしいものであるか力説してるが、さっぱり耳に入りません。

そういえば、派遣先の制服で「うちの制服は、繊維の宝石と呼ばれる超長綿が使われているのよ！」と自慢されたことがあったっけ。正直、あまり良さが分からなかった。普通の綿との違いが分からない。そもそも布見ても成分表示見ないと、綿一〇〇パーセントの生地なのか見分けるのも難しい。そんな生地オンチな私ですよ。

「それでは、一番お手ごろな布はどれですか?」

一瞬、商人のほほが引きつった。だから、見逃さないって。ポーカーフェースがまだまだ中途半端ですよ!

「本日お持ちした中では、こちらになります。金貨三枚です」

金貨三枚の布、二十枚の布、百枚の布を並べて見比べる。

やっぱり、違いが分からない。どうしてこんなに値段が違うの? 分からないのは私が生地オンチだから?

そっと、シャルトに尋ねてみる。

「値段の違いって、布を見て分かるものですか?」

「リエスさん、キュベリアの懐具合なら大丈夫ですよ。贈り物に金の糸目をつけたりしませんから」

いやいや、返事になってないし。

っていうか、そうか。値段ばかり尋ねていたから、商人も「キュベリアはお祝いの品をケチるのか?」と思って驚いたのかな?

「正直なところ、よほど詳しくない限り、見て値段を当てることはできないでしょう。但し、これ以下の生地との見分けは容易ですよ」

と、サマルーが金貨三枚の布を指差す。

なるほど、金貨三枚以下の布はいかにも安物に見えるんだ。

だけど、ここに持ってこられた布は、値段なんて専門知識がないと分からないというわけね。ふむふむ。

値段じゃなくて、本当に似合いそうな生地を選びたい。

でも、選んだ生地が安物丸分かりだと「こんな安い布を贈るとは侮辱するつもりか！」と思われても困るしね。生地を見て値段が分からないなら大丈夫だよね。

うん。これで、安心して選べる。

とりあえず、一つ目のテーブルで気になった生地を三つ選ぶ。

ガンツ王に似合いそうな深緑色の生地。チュリ様に似合いそうな、若草色の生地と、桜色の生地。

まずはキープということにしてもらう。他の店を見てから、最終判断を下すつもり。買い物の基本だよね。

二つ目のテーブルに移動する。

こちらの店では、金貨五枚～金貨三百枚までの生地がそろえられていた。うはっ。さらに高価だし！

こちらでも三つ選ぶ。

三つ目のテーブルで同じように値段の質問をしたら、お手ごろな布として、テーブルの下、テーブルクロスで隠れていた場所から幾つかの反物を取り出した。

「今回は必要ないかとも思いましたが、慌てて荷造りをしたために紛れ込んでしまったようで……」

という、言い訳をつけて見せてくれた。

金貨一枚か、それ以下の布。

「ああ、なるほど」

サマルーの言っていた意味が分かった。流石に、これは私でも違いが分かる。布目がばらばら、ところどころとんでる、染め方がむらむら。そして、基本的に、布目が粗《あら》い。糸と、織る回数の節約をした感じだ。

スカスカで向こうが透けて見える布は特に格安だった。でも、夏場は涼しそうでいいよねーと思う。

ストールにしたらいい感じだぞ？

それに、ふわふわっとしてくしゅくしゅっとしてドレスにくっつけたらかわいいよね？　ふんわりした感じがチュリ様っぽい。

でも流石に、ドレスの形になっていればいいけど、生地だけ贈るには、「グランラも安く見られたものだ」と怒られかねない。いや、チュリ様が怒るわけないと思うけれど、側近達とかまぁ色々うるさい連中はいるだろうし。

それから、現代日本では「むら染め」ってわざとむらを出して染めてる布もあるから、このむらむらもかわいくていいんだけどなぁ。

やっぱり「安物の布」っていう価値観でしか見てもらえないかなぁ。

そうだ。これ、マーサさんとルーカのお土産にしよう！　絶対に、この布で作ったふわくしゅドレスはかわいいよ！　デザイン含みでプレゼントすればいいよね。うん。

仕立てはルーカにしてもらうけどね。

「えーっと、コレと、コレと、コレと」

私が、安物の布も手にしたものだから、シャルトとサマルーが青ざめる。商人さんは一瞬たりとも表情を変えない。

お、この店の商人さんのポーカーフェースは完璧ですな！

「あ、こちらの布は私個人でお土産として購入したいんですけれど、譲ってもらえますか？」

「ああ、そうでしたか。もちろんです。まとめてお買いいただければ、その分値引きもさせていただきますよ」

つまり、お妃様への贈り物用を買ってくれというわけですな。商売上手だね！　もしかしてこの安物の生地も、紛れ込んだんじゃなくてあえて持ってきてる？

全部で十のテーブルを回った頃には、すでに二時間は経過していた。

「どれくらいの量を贈るんですか？」

各テーブルで三～五の生地を候補に挙げている。

「そうですね、最低でも十は欲しいですね」

「では、各テーブルから最終的に二つずつ選びます。それで合計二十です。多すぎますか？」

サマルーはにやりと笑った。

「いいえ、ちょうどいいでしょう」

最低でも十というのは、各店から一つずつという意味で間違っていないようだ。

王家御用達とか、そういうのって店同士の確執とかありそうだもんね。下手にグランラ領内の力関係を崩すようなことしちゃまずいわけで。だから、どの店からも平等にって大切だよね。うん。

アラフォーなめんな！　伊達にいろんな会社で派遣として働いてたわけじゃないんだよ！　取引先とのこういう微妙な気の遣い方も学習済みさ！

あれ？　でも待てよ？　安い布で、私個人の買い物とはいえ、一つの店だけ余分に買うとまずいかな？

仕方がない。他の店でも金貨一枚ほどで買える布があれば買うことにした。結果、お土産にしては量が多くなった。この大量の布、どうしよう。

布選びの次は、宝石選び。布ほど品が嵩張らないので、宝石商は居間に集まっていた。

現代日本だとジュラルミンケースをパカッと開いて宝石を見せるイメージだが、こちらも変わらないようだ。七人ほどの宝石商が、木や革でできたカバンを抱えている。

私とシャルトとサマルーはソファに腰掛ける。商人が順にテーブルにカバンを置いて中を見せる。

庶民の私に宝石の良し悪しが分かるかって？　生地の良し悪しも分からない人間に分かるわけないって？

アラフォーなめんなぁ！

結婚情報誌に、エンゲージリング選び特集は必須。記事を読み漁り、目を肥やすためと宝石売り場に足を運んだ日々で培《つちか》った鑑定眼！　値札見なくても、一桁値段か二桁値段か三桁値段か分かるようになったさ！　買う予定も、買ってもらう予定もなかったけどね！　凹。

チュリ様には桜色のかわいい宝石がいいかなぁー。

エメラルドもいいなぁ。

「リエスさんは、どんな宝石が好きなんですか？」

あまりに真剣に宝石を見比べていたので、シャルトに宝石好きと思われたかな？

っていうか、女性の大半は宝石好きでしょ！　興味がない様子の女だって、目の前にキラキラの宝石並べられたら、うきうきしない？

独り身アラフォーともなれば、クリスマスや誕生日に「自分へのプレゼント（はぁと）」って一度くらい考えたことあるっしょ？

クリスマスや誕生日の寂しさをごまかすために……凹。

若い頃は、ルビーやガーネットなんかの赤い石が好きだったなぁ。

それに、不透明な宝石なんて、宝石じゃないじゃんとかも思ってた。でも、今は真珠っていいなぁって思う。

ダイヤはもちろんいいと思うし、サファイヤやラピスラズリの青い石もいい。

しかし、未だに猫目石の魅力だけは分からない。

「私は、どれも好きですよ～（猫目石以外は）」

宝石から目をそらさずに答える。

「そうですか、リエスさんにはどれも似合いそうですよね。リエスさんは、どんなアクセサリーが好きなんですか？」

アクセサリーか、そういえば宝石はどのように加工されるんだろうか？

それによっても選ぶものが変わってくる。

「えーっと、私あまりアクセサリーを持っていないのですが、どんな種類があるんですか？」

今度はシャルトの顔を見て質問する。

「そうですね、指輪やネックレスやブレスレットや髪飾りが多いでしょうか？　リエスさんなら、何でも似合うと思います。あの、よ、よろしければ、僕にプレゼントさせて、もらえないかな？」

「プレゼントですか？　私に？」

ひゃー。男性からアクセサリーのプレゼントなんて、何年ぶり？

思わず顔を赤くする。

いや、待って、待って、もしかしてドレスを着たときにアクセサリーの一つも身につけてないってみっともなかった？

一国の王の前に出るのにふさわしくなかった？　それでシャルトがプレゼントを？

だとしたら、プレゼントを断るのも無粋？

でも、宝石～！　欲しい欲しい～！　って言えるような性格じゃないんだけど。

返事を言いよどんでもじもじする。

シャルトも私につられたのか、妙にもじもじしている。

「よろしければ、こちらをご覧ください」

商機を逃すまいとする商人が、ソファの前にいる商人に横入りするような形で持っていたカバンを広げた。

目の前にいた商人はむっとした表情をしたが、私達の前で喧嘩《けんか》するわけにもいかないのでぐっと口の端を締めた。

「私どもは、宝石の価値をより高める加工を得意としておりまして、今回はこのように加工したものもお持ちいたしております」

横入りした商人が開いたカバンには、指輪やネックレスなどのアクセサリーが入っていた。

この世界の加工技術がどれくらいのものなのか分かるのでありがたい。まぁ、横入りは褒められたものじゃないが。

どうやら、チェーンの加工技術はないようだ。いや、あるけれど、チェーンが好まれていないだけなのかもしれない。

ネックレスやブレスレットなど、チェーンは使わずに、ビーズアクセサリのように小さな石をつないで輪にしている。凝《こ》ったものは、金などの金属で作られた小さなモチーフをつなぎ合わせている。そのところどころに宝石が埋め込まれているのだ。

指輪は、一点豪華主義のデザインが主流。

よく、日本の通販番組にある「なんとダイヤが二十六個、合計〇・五カラットも使用して一万円！」っていう、小さなダイヤを寄せ集めて作っているようなものはない。小さなダイヤを一つずつ、台に取り付ける方が大変なんだろうね。きっと。

見慣れない形のものもあった。金でできた二センチメートルくらいの蝶《ちょう》のモチーフを幾つもつなぎ合わせ、蝶の羽根に色とりどりの宝石を配置してある品だ。手の平の半分くらいの大きさで、三角形になっている。

「あの、これはどのように身につけるのですか？」

質問をすると、すかさず商人が、品を手に取る。

「流石は、お目が高い！　こちらは南方のアクセサリーでして、このように、身につけるのでございますよ」

そう言って私の手を取ると、アクセサリーを器用にはめた。

中指と、手首に止め具がついている。

「手甲《てっこう》……」

手甲って書くと忍者みたいだけど。

ベリーダンス踊る人や、南米のお守りとかにこんな手にはめるアクセサリーがあったと思う。

「リエスさん、似合いますよ。気に入りましたか？」

シャルトがニコニコ顔で話しかけてくる。

「私にはちょっと派手じゃないですか？　でも、チュリ様が、国民の前に立って手を振る場面ではいいかもしれません。光を受けて、手を振るとキラキラ光るのであれば、遠くの人にもチュリ様が手を振っているのがよく分かるのではないでしょうか？」

サマルーは、なるほどとうなずき商人に何やら耳打ちしている。

「リエスさん、これもつけてみてください。似合いますよ」

シャルトがネックレスを手に取る。

つけてみるだけならいいかな？　と、ネックレスのかわいさに本来の目的を忘れ……だ、だって、こんな機会そうないよ？

私は、シャルトに背を向けて、髪を持ち上げた。

「リ、リエスさん……」

焦ったシャルトの声。振り返ると、ネックレスを片手におろおろしてる。

「あ、ごめんなさい、つけてくださるのかと、勘違いしちゃいました……」

やばぁい！

何、当然つけてくれるんだよね的な行動しちゃったんだろう？

男性の、それも貴族にネックレスをつけさせるなんて、ありえないよね。

さっき、商人が何の躊躇もなく私の手に手甲をつけてくれたから、その延長で、つけてもらうのが当然って気になってたよ！

「いえ、いえ、是非、あの、僕でよろしければ、つけます」

シャルトがそう言うし、今更かたくなに拒否するのもアレなので、もう一度髪を上げて背中をシャルトに見せる。

シャルトが、首の後ろで止め具をはめようとしてくれる。首筋に当たる手が、微かに震えている。

うわーっ。本当に、何か、申し訳ないわ。ネックレスの止め具って、慣れていてもめんどくさいよね？

「どうですか？」

つけ終わったので、シャルトの方を向いた。

「とてもお似合いですよ！　まるで、あなたのために作られたようですね！」

シャルトが感想を述べるより前に、商人が大げさなくらい褒め称える。

「同じデザインで色違いもあるんですが、こちらもお似合いだと思いますよ！」

そして、次々に商品を薦めてくる。

あっけにとられちゃって、私もシャルトも呆然として何も答えられなかった。

商人が別のカバンを開くタイミングを見計らって、ネックレスを外す。

「ありがとうございます。今日は、チュリ様への贈り物を探しています。時間がありませんので、また今度改めてお願いいいたしますね」

ニッコリ笑って、丁寧にネックレスを商人の手に渡した。

もちろん、改めてなんて口ばかりだけどね！

「そ、そうですね、チュリ様への贈り物が先ですね……」

シャルトが慌てて表情を引き締める。

いけないいけない。私もつい、宝石に眼がくらんで、我を忘れるところだった。とにかく、早く贈り物選びを終わらせないと街に行けない。

街に行って、明日のために色々まだやることあるよね。うん。

というわけで、どんなアクセサリー類があるのか理解できたので、チュリ様の顔を思い浮かべながら宝石を選ぶ。

一点豪華主義の指輪に使えそうな宝石。

ブレスレットやネックレスにちりばめられそうな宝石。

それから、ビーズというか数珠というか、鎖代わりに使えそうな石。

また、不平等にならないように、それぞれの商人から最低一点は選ぶ。

選び終えると、ちょうどお昼になっていたので、そのまま食堂へ向かおうということになった。

「お二人は先に食堂へ行ってください」

私とサマルーが部屋を出ようとしたところで、シャルトが残ると言う。

ん、なんだろう？　私の選び方に問題でもあったかな？

「わかりました」

サマルーは問題ないというように、さらりと返事をして、シャルトの肩をぽんぽんと二度叩いた。

シャルトが、頭を掻く。

なんだ、このやり取り？

食堂に向かう途中、サマルーが思い出し笑いを始める。

「なかなか見ものでしたよ」

「え？　何か、面白いことありました？」

「シャルト殿の動揺の仕方がね、愉快でした」

サマルーが、またクックックッと肩を震わす。

「ああ、私がネックレスをつけていただいたときですか？　貴族の方を侍女のように扱って申し訳なかったです」

シャルトがサマルーに笑われる原因を作ったのは私なので、眉尻を下げる。

「リエス殿は知らないようですが、上流階級の間で流行っているのですよ♪」

流行っている？

「結婚式の日に、新郎が新婦のネックレスをつけてあげるというのが。そして、夜には外してあげるという」

ぶぶっ――――っ！

「な、な、な、何ですか、それー！」

外してあげる、イコール、初夜ってことでしょ！　うわー、上流階級のエロ流行だー！

もぅっ、どこの世界でも一緒だねー。

日本でも、女性に口紅を贈るとかエロ流行あるもんなぁ。口紅を贈るのは、その口紅をキスで返してもらう的な意味合いだったぞ。

で、シャルトは、思わずその習慣を思い出して動揺したとか？

なんてこったぁ。

「ああ、もう、本当にシャルト様には悪いことをしました。将来新婦になる方にも悪いことをしました……」

私が深くうなだれると、サマルーがまたクックッと笑った。

結局、私とサマルーが食事を食べ終わるまでシャルトは食堂に来なかった。

「まぁ、商人に捕まっているんでしょうね～」と、サマルーが愉快そうに声を上げた。

いや、商人に捕まるって愉快じゃないよね？

次に、サマルーが街の人たちへ渡す協力金の準備をしてくれた。

あらかじめ、金貨では使いにくいだろうから銀貨で用意してもらえるように頼んでおいたが、見てびっくり。

「いくらあるんですか？」

私一人では到底持ちきれない体積があった。もちろん、銀なので重さもすごいだろう。

どうやって運べばいいのかと思ったが、金額が金額なだけに護衛付きで馬車で街まで運んでくれるそうだ。

てなわけで、今日は馬車で街へ送ってもらえることになった。楽チンでいいわ。

と、思ったけれど、護衛の人は薔薇のリエスの姿しか知らない。困った。とりあえず、メイク落として、ウィッグアンドベールで行動する。

護衛の人を馬車に残し、女将さんの店に行く。途中ベールとウィッグを取ることも忘れない。不便だ。

女将さんにキュベリアから資金提供があると伝える。はっきりと金額を聞いていなかったので、銀貨にして、これくらいの量だと、身振りで伝える。

「そんなにかい？　ありがたいけれど、正直なところ困っちまうねぇ。分配などで揉めても困るし……」

まぁそうだなぁ。人間、大金を前にすると人が変わっちゃうこともあるしね。

ほら、宝くじの高額当選者って、意外と不幸になるとか言うし……。

吾妻さんからの一千万円も、通帳の数字じゃなくって、札束見せられたら私も眼が¥マークになってたかもしれない。

「リエス、時間あるかい？　もしお願いできれば、そのお金で近隣の村に買いつけに行ってほしいんだ」

時間かぁ。今は昼を少し過ぎたところ。今日はもう予定はないはず。護衛についてきてくれた人も、時間がかかってもいいから、帰りも私を送ってくるようにと言われていたから大丈夫なはずだ。

ただ、また急に状況が変わって捜させるのも悪いので、迎賓館には遣いをお願いした。私の帰りが遅くなること、何かあれば女将さんに連絡をしてくれるようにと。

「それで、何を買いつけてくればいいのですか?」

「薪だよ。紙作りで、思いのほか消費しちまっててね。街全体で品薄なんだ。このままじゃ、王都の薪の価格が上昇してしまうほどにね。蝋燭は、なくたって使わなければすむんだけどね。薪は、毎日の生活に欠かせないものだから」

ああ、そうか。そりゃそうだ。

紙を煮込むのに大量の薪を消費する。

王都は緑が多いといっても、山にあるわけじゃない。山に入って薪を拾ってくるわけにもいかない。

日々の生活に、薪は欠かせない。今は寒さをしのぐためには必要ないが、しかし食事を作らないわけにはいかない。

しかも、この世界では一般の人は馬も馬車も使えない。となると、薪を近隣の村から買いつけるにしても、人が一度に運べる量は少ないし時間もかかる。下手をすれば、数日の間に王都に深刻な薪不足が起こるかもしれないのだ。

不足すれば価格が上がる。価格が上がれば、買えずに飢える人も出てくる。

お祝いのために人が苦しむのでは本末転倒としかいいようがない。

「分かりました。買えるだけ買ってきます」

トラブルにならないように、元々王都で薪を扱っている商人に案内を頼み、待たせていた馬車に乗り込んで出発。もちろんベールをかぶることは忘れずに。面倒くさいけど。

三つの村を回り、それぞれに買いつけ、村人に運搬をお願いする。最後に訪れた四つ目の村では、馬車に詰め込めるだけ薪を詰め込んで王都へと引き返した。

「明日、王都でチュリ様を祝う祭りがあります。そのための準備に薪が必要だったので、一時的に需要が高まっただけにすぎません。今後は通常通りになります」

ということを村には念を押しておく。だって、商機だ！　と無駄に薪を溜め込む人が出たらかわいそうだもん。

まぁ、今後紙の生産をどうするかっていうところまでは、私の知ったことじゃないからね！


王都まで戻ると、すでに日が落ちていた。

薪のことは商人と街の人に任せて、女将さんのお店で軽く夕食を取る。

その後、準備の様子を見ながら、紙は燃えやすいので火事に気をつけることを伝える。

準備は実に順調に進んでいるようだ。紙作りは終わり、今は組み立て作業に入っている。

「じゃぁ、明日本番前にはまた来ますね！」

「ああ、本当にありがとうね、リエス」

「いいえ、こちらこそ参加させていただけて本当に助かります。あ、そうだ、明日なんですけど、知り合いの人に荷物を一つ渡してほしいんです。女将さんのお店まで取りに来てくれることになっているんですけど……誰か、お願いできますか？」

女将さんはもちろんいいともと、うなずいた。酒飲みのために明日も店は開けるらしい。給仕の娘がいるから頼んでおくと言ってくれた。

「ありがとうございます！」

女将さんから、護衛の人達用の軽食を受け取り店を後にする。

馬車に戻るときに、ウィッグとベールを着用。ああ、めんどくさい。

明日送ってもらえるなら、トゥロンに頼みたい！

……トゥロンごめん。一瞬でもアッシー的な扱いしちゃって。


迎賓館に戻り、部屋の扉を開けてぎょっとする。

「うわ、何この量……」

私が購入した生地が積み上げられていた。

「こんなに買ったっけ？」

十の店があって、一つの店から一〜三。ああ、これくらいにはなるのか。

テーブルの上に、ピラミッド型に積まれた反物。

マーサさん達へのお土産というには、明らかに多すぎるよねぇ。どうしようかな。

一つを手に取る。ウールっぽい生地で、割とふかふかしてる。

「そうだ！　いいこと思いついた！」

ああ、疲れてきたのか、独り言多いな。まぁいい。

カバンの中から、吾妻さんへのお届け物を取り出す。

色々考えたんだー。クッション材を巻いた後どうしようか。木箱に入れるか、酒樽に入れるか。

どうすれば、オーパーツとばれないように、自然に荷物を託すことができるのか。

もちろん、吾妻さんが手配した人が荷物をほどいて中を見るとは思わないけれど、パッと見て不審な状態じゃあまずいでしょ？

と、いうわけで、反物状にくるくる丸めてある生地を広げて、携帯を芯代わりにもう一度巻きなおす。

もちろん、見えないように両端をきゅっと絞るように。

「いいんじゃない？　反物を全部広げて見る人いないだろうし。何と言っても布だからクッション性もあるしね！」

それから、くるくると巻けないタブレットは、折りたたんだ布の中に隠す。

折りたたんだ布の上に携帯入りとスマフォ入りの反物を四つ載せて、紐で三ヶ所括《くく》る。それを風呂敷程度に切った布に包んで荷物の出来上がり！

いいんじゃない？　生地を運んでもらうようにしか見えない。

鶴の恩返しで、じっさまが街に反物を売りに行く姿を想像しちゃった。この風呂敷っぽさがそう思わせるのかな？　まぁいっか。

吾妻さんへメールを送る。

『荷物は風呂敷包み一つ分の量です。店の給仕の娘に預けておきます』

女将さんのお店は昨日連絡済みだけど、もう一度書いておく。合言葉も念のためもう一度書く。

それから、当日はチュリ様のお祝いでお祭り騒ぎだということも連絡した方がいいだろうか？

それとも、吾妻さんの知り合いの人もグランラの人で、すでに知っているかな？

あれ？　ちょっと待って？

吾妻さんは何処にいるの？

少なくとも第一報から荷物の受け渡しを二日後に指定したってことは、グランラ王都まで移動に二日はかかる場所に知り合いはいるよね？

吾妻さん本人もそこ？　私みたいに、直接会うことを警戒して「知り合いが受け取る」と言っているだけ？

そして、当日は吾妻さんも近くに来るのかな？

もし、近くに来るならばったり会っちゃう危険もある？

ノーメイクのときはもろ日本人顔だから、見られたらすぐ分かるよね。遠くからでも、黒髪なら目立つし。なんつったって、こののっぺり顔。この国の人から言わせれば「平たい顔」でしょ？

明らかにつくりが違うもんなぁ。

どうなの、私？

吾妻さんに会うこと、どう思う？

自分の気持ちを確認する。

久しぶりに同郷の人に会いたいのかな？

会って、日本の話でもする？　グランラでお米買って、仲良くおにぎりでも食べる？

吾妻さんがどんな人か分からないのに、会って大丈夫？

悪い人だったらどうする？　カバンを奪われたらどうする？

私、吾妻さんのこと何も知らないんだよ？

よく考えたらそもそも、男なの？　女なの？　山下さんが男の名前だったことと、メールの言葉遣いから男だと思い込んでいたけれど、女性の可能性もあるよね？

うわー。本当に何も知らない。

今のこの段階で、悪人か善人かなんて判断できるわけないよね。

会ったときのメリットよりも、デメリットを警戒した方がいいよね？

身バレの危険性についても考える。

調べようと思えば、荷物を受け取ったときに「誰から頼まれたのか」を聞けばすぐに私の存在が分かるよね？

とりあえず、女将さん周辺には口止めをお願いしよう。しかし、情報が漏れる可能性は大！

で、私という人間は何者かと調べれば「キュベリア使節団の一員」というのもすぐに分かる。大金届けたりもしたから、今更関係者じゃないとか言い逃れできないだろう。

しかも、リエスって名乗っちゃってるし！

迂闊《うかつ》！

キュベリア使節団の一員のリエスを訪ねられたら、薔薇のリエスが出てきます。

ん？　黒目、黒髪の日本人の存在はそこにはないですよ？

あれ？　荷物を頼んだ、黒目黒髪リエスは、キュベリア使節団にはいないよね？

もし、吾妻さんが私を捜してキュベリア使節団に来ても「そんな人物はいない！　リエスの名を騙《かた》った偽物だろう」ってことにならない？

トゥロンくらいだよね？　黒目黒髪リエスがキュベリア使節団に出入りしてるって知ってるの？

うん、よし、大丈夫と思っておこう。

もう今更どうしようもないこともあるし、吾妻さん良い人かもしれないし。

でも、万が一のことを考えて、カバンだけは守れる手段を考えよう。

まずは、スカートの中に常に隠すこと。人前では決して出さない。

それから、似たようなカバンをダミーで用意しようかな。物の出し入れはそのカバンで行おう。

まさか、同じようなカバンを二つも持ち歩いているなんて思わないよね？

んー、山小屋リエスのときはどうしよう？　スカートはいてないからなぁ。

マーサさんたちやラトは信用しても大丈夫だと思うからまぁいいか。

あんまりマイナス発想ばっかりじゃ疲れちゃうもん。

もしかして、吾妻さんはすごぉくいい人で、同世代の女性で、親友になれちゃうかもしれない。

あと、日本に帰るために色々と調べていて、情報交換したらあっさり帰れちゃうかもしれない。

おっと、思考がそれた。

その荷物を受け取る人と吾妻さんが連絡を取らないと、受け取り場所や合言葉など受け取り人に伝わらないんだよね？

吾妻さんに送ったメールの内容が、荷物受け取り人に伝わるってことは、やっぱり吾妻さんも同行してるってことじゃない？　じゃなければ、グランラ王都の近くに住んでいるか？

だって、メールや電話とかない世界だもん。遠方への連絡なんてできないよね？

ん？　伝書鳩っていう手があるか？　伝書鳩ってあるのかな？

ああ、わかんないことばかりだね！

聞こう。

知りたいこと、ばんばん、吾妻さんに聞こう。

荷物に質問状付けておこう。

『吾妻さんにいくつか質問があります。もし、この荷物を受け取った後にも異世界にいる日本人同士交流ができるのであれば、ご連絡ください』

まずは前置きをする。

もしかすると、今後一切かかわりを持ちたくないと思っているのかもしれないから。

続いて質問を書く。

氏名、年齢、住所（こちらの世界での住まい）、性別、職業、家族構成。

「あれ？　書き始めてみれば、あまり聞きたいことが出てこない。えーっと、家族構成なんて聞く必要ないよね？　職業は、気になるけれど、お見合いパーティーじゃないしいきなり質問するのも変かな？」

アラフォーなめんなぁ！　お見合いパーティーだってもちろん参加したことあるさ！　初対面男性への質問も慣れたものだ！

って、これお見合いパーティーじゃないっつぅの！　家族構成聞いて、親との同居の可能性探る必要もないって！

うん、別に私、同居が絶対にいやだ！　ってわけでもないんだよ。若い頃は絶対に否！　っていう時期もあったけれどね。

周りの友達が結婚して色々と話を聞くうちに考え方も変わってきた。同居がいやだと思っていて、なし崩し的に同居に突入するのが一番不幸なんだよね。いやだと思うともう、何もかもが悪く見える。毎日が憂鬱。

同じような状況でも、同居を覚悟している友達は、そこまで不満も漏らさないんだよ。で、一番同居が上手くいっている子は、準備をしっかりした友達。

なんていうの？「スープの冷めない距離」に近づけるってこと？

完全同居にならないように、結婚前に条件を出すのね。

二世帯住宅に建て直すとか、田舎で敷地さえあれば、敷地内に別宅を建てるとか。二世帯住宅に建て直すことが無理だったら、リフォームして、トイレ台所風呂を分けるとか、一階と二階で生活空間区切るとか。

それから、大事なのが、旦那さんの兄弟姉妹。独身の兄弟姉妹が家にいるとか、週に一度以上顔を出すとかいう家に嫁ぐと苦労するみたい。そういう場合は、同居はしないほうがいい。

って、歳を重ねるごとに、耳年増になって、アレは駄目、コレは駄目っていうから、余計に結婚から遠ざかるという……凹凹凹。

ううっ。日本に帰ったら、結婚相談所にでも入会してみようか？　年齢層が上の方のお見合いパーティーに参加してみようか？　それとも軽く街コンに行くところからはじめようか？

吾妻さんへの手紙は途中で挫折して同封を断念。

枕を涙で濡らしながらおやすみなさい。

……。

……。

おやすみなさいと言ったけれどね、何故《なぜ》だか目が冴えて眠れない。

なんだろうか？　そう、アレだアレ！

遠足前日のワクワクして眠れないという、アレだよ。

遠足前日なんてうんじゅうねんも前の話だから、もうちょっと近いところで言えば、デート前日？

……、それも随分昔の話だ。凹。

というわけで、暇つぶしに買った生地で薔薇のモチーフ製作。めいっぱい安い生地。つまり、目が粗く、染めむらの激しいもの。

本来は、桃色なのだろうか？　白いところもあれば、紅梅のような色のところもある。

こういう単純作業って、やりだすと止まらない。

切る、縫う、形を作る。気がつけば、薔薇のモチーフ大小二十個あまりができていた。

「うーん、どうしようこれ？」

クローゼットをがさがさ。蝋燭の灯りなので見にくいが、目的のドレスを見つける。華美なドレスが多い中、クリーム色でシンプルなデザインのドレス。ドレスをベッドに広げて、作った薔薇をバランスよく配置してみる。

蝋燭の灯りでは、バランス見るのも限界がある。でもまぁ、いい感じ？　と思ったので、縫いつけ開始。

朝になって、見直して変だと思えば取り外せばいいし。……ほら、夜中に書いた詩みたいにね！

朝になったら黒歴史～ってことも！

ドレスに薔薇モチーフを縫いつけ終わると、眠気が。

今何時くらいだろう？　多分午前三時か四時。

今度こそおやすみなさい。


コンコンというドアをノックする音と、アジージョさんの声で目が覚めた。

「リエス様、朝食のお時間ですが、いかがいたしましょう？」

え？　もうそんな時間？

「部屋まで運んでもらってもいいですか？」

ベッドの中から、ドアの外のアジージョさんにお願いする。

いつもなら、朝食までには身支度を整えてるんだけど、流石に今日は夜更《よふ》かしして寝坊です。

こっちの世界の夜は早いんだよ。電気がないから、灯りは暗いしお金もかかるので日が暮れてから寝るまでの時間は短い。

だから、通常、夜の九時には夢の中。その分、朝が早い。日が昇るころには目覚める。朝の五時とかね。ちょうど上手い具合に八時間睡眠なんだよねー。

朝食の時間ということは、朝七時くらいか。寝不足～。

ふわぁあと、あくびをすると、アジージョさんが来るまでにウィッグとカラコン装備。急いでメイクする。ああ、変身度がいつもの半分くらいの顔になった。

「リエス様、お持ちしました」

ノックが聞こえたので、ドアを開けてアジージョさんを部屋の中へ通す。アジージョさんは、てきぱきとワゴンの上の朝食をテーブルに並べる。

「まぁ！　リエス様！　これは……！」

一通り作業を終えると、アジージョさんはベッドの上に放り出したままのドレスを見つけた。

そうそう、ついでに出しっぱなしの裁縫道具と、布の切れ端のゴミも見つかる。というか、この世界では布も高価なので切れ端といえどもゴミではないんだけどね。パッチワークみたいにつないで使ったり、穴が開いたところの補修に使うから。

出しっぱなしのちらかしっぱなし。

「あぁ、昨日なかなか寝つけなくてちょっと……片付けは後でするから」

そのままにしておいてと言う間もなく、アジージョさんがドレスを両手ですくい上げて上に持ち上げた。

「すばらしいです。なんて素敵なドレスなんでしょう！」

アジージョさんが感嘆のため息を漏らす。

え？　本当？　褒められるとちょっと嬉しぃ。

「今日はこのドレスをお召しになりますか？」

「えーっと、薔薇にはとても安物の布を使ってるので、別のドレスにしようかと思うんだけど……」

流石に、王様とかお妃様の前に出るなら、もう少しちゃんとしたものじゃないと？

「いいえ、いいえ、リエス様！　ドレスの価値は布の値段ではございませんよ！　いくら高価な布を使おうと、いくら高価な宝石を散りばめようと、醜いドレスに価値はありません！　その点、この薔薇のドレスはとてもすばらしいです！　しかも、リエス様に絶対にお似合いになります！　是非このドレスを着るべきです！」

「そ、そう？」

アジージョさんが珍しく熱弁を振るう。

そこまでこのドレスが気に入ったのかな？

オーガンジーとまではいかないにしても、この透けるような布を使うというのは新鮮味があるのかもしれない。色むらのおかげで、作り物の薔薇とはいえ、色々な表情を見せて本物にも劣らない美しさもある。

とか、難しいことは置いといて。

伯爵家のお屋敷で働いているアジージョさんは、今まで色々なドレスも見てきているのだろう。私なんかよりもきっと目が肥えている。そのアジージョさんが言うんだから、まぁ着ていくか？

「祝賀会に、このドレスを着て行っても大丈夫かな？　その、失礼に当たらない？」

せっかくガンツ王の機嫌が直ったというのに、また怒りを買うようなことだけは避けたい。

同盟は無理だとしても、プラマイゼロくらいで帰国したいのですよ！

「失礼どころか、きっと皆さん興味を持ちますよ！　どこのデザイナーのドレスかと尋ねられると思いますよ？」

そうか。もし「変」とか思われても、デザイナーのせいにすればいいのか。

しかも、キュベリアでは人気のデザインなんですって顔しちゃえばいいか。さらに、グランラの洗練されたデザインのドレスを買って帰ろうと思いますとか、ゴマすれば大丈夫だよね？

ごめん、キュベリアのドレスデザイナーたちよ。先に謝っておく。

「じゃあ、そのドレス着てくことにするね」

私が朝食を食べ始めると、アジージョさんは嬉しそうに準備を始めた。

ドレスが決まれば、それに合わせた靴や手袋などを選んでいく。

「リエス様、髪はどうなされます？」

通常、メイクやヘアセットは侍女の仕事だ。しかし、私の場合メイクは当然自分でする。ウィッグなので髪の毛も触らせない。

「んー、編みこんで一部を上で結ぼうかな？　残りの髪はそのまたらして、少し巻こうかな？」

大体の形を伝えると、それに合わせた髪飾りをアジージョさんが探し出す。

「なかなか、ドレスに合いそうなものがありませんね」

もともとのシンプルなデザインのドレスには合いそうなものはある。薔薇のモチーフをたっぷり縫い付けたため、それじゃあバランスが悪くなったのだ。

「じゃあ、髪飾りも作りましょうか」

朝食を食べ終わると、布とはさみを手に取った。

「え？　今からですか？」

驚くアジージョさんを尻目に、ジョキジョキと布にはさみを入れる。

真っ直ぐ切る。真っ直ぐ粗く縫う。布端だけ斜めに細かく縫う。表に反《かえ》す。形を整えながら巻いて中心を縫う。縫い目隠しに丸く切った布を縫い付ける。へい！　薔薇一丁！

「え？　もうできたんですか？」

「うん。簡単だよー。はじめは少し形を整えるのが難しいけれど、慣れちゃえばあっという間にできるよ」

ちなみに、布の薔薇の作り方には他にもいくつか方法がある。

プレート使うものとか、斜めに縫っていくものとか、花びらを一枚ずつ作っていくものとか。

アラフォーなめんなぁ！　手作りコサージュ教室に通ったときに、その手の本を何冊買ったと思っている！

ま、教室通わなくなったとたんに本には埃《ほこり》が……。凹。

「アジージョさんも作ってみる？」

私の提案にアジージョさんも興味津々食いついた。

私が三つ作る間に、アジージョさんもなんとか一つ完成させた。

「こんなに素敵な薔薇が、まさか私にも作れるなんて……」

アジージョさんは、作った薔薇を手に持ち、嬉しそうに笑った。

「ね、簡単でしょ？」

作った大小四つの薔薇をリボンに縫い付けて、髪飾りを完成させる。

その他に、小さな薔薇モチーフをヘアピンにつけて簪《かんざし》を三つ作り、バランスを見ながら髪に挿していく。

「この髪飾りなら、ドレスに合うよね？」

「ええ、すばらしいです！」

アジージョさんの作った薔薇にはリボンを縫い付ける。

「これは、アジージョさんが使ってね！」

「いいんですか？」

「もちろんよ！　アジージョさんが作ったんですもの！」

「ありがとうございます！」

なんてやり取りをしているうちに、すっかり時間が経っちゃった。

アジージョさんは慌てて朝食の片付けを始めた。私もアジージョさんが席をはずしている間に、メイク直し、メイク直し。

それから、ウィッグ整えて、ドレスを身につける。

いつものメイクだけど、ドレス姿にはイマイチ、なんだか物足りない。というわけで、少しだけグロスつけて口元を輝かせてみる。

いいんじゃない？　と自画自賛。

「まぁ、リエス様、いつもお美しいですが、今日は一段と華やかです！」

戻ってきたアジージョさんが絶賛する。

「ですが、首元が少し寂しいですね？」

あ、やっぱり？

私もそう思ったんだよね。いつものドレス以上に襟元が開いているので、首元が寂しい。

「何かなかったかな？　そうだ、アジージョさんの薔薇を少し借りられる？」

ちょうど首にチョーカーみたいに巻けばいい感じになるんじゃない？

「だ、だめです！」

まさかの、アジージョさんの拒否。何で？

「私の作ったものなど下手くそなので……」

「そんなことないよ。上手にできてたよ？」

「いえ、とても、祝賀会に出せるようなものでは……」

と、アジージョさんがかたくなに拒否。

今からもう一つ作ろうかといえば、そんな時間はありませんと言われた。

「じゃあ、何かなかったかな？」

と、クローゼットに足を向ける。

「リエス様、このドレスに合うものはありませんから！」

アジージョさんが首を大きく横に振り、私の前に体を滑らせた。

「そうだっけ？」

私よりクローゼットの中を把握しているアジージョさんが言うんだから間違いないだろう。

仕方がないので、後ろに流してある髪を少し前に持ってきてごまかすことにした。

「リエス殿、準備は整いましたか？」

ノックの音とともに声がかけられる。

アジージョさんがドアを開けると、サマルーとシャルトが立っていた。

部屋に入った二人の正装を見て、思わず息が止まる。

謁見用の正装ではなく、今日は祝賀会（パーティー用）の正装。

凛々しいだけではなく、とても華やかなのだ。

特に、流石上流貴族と言うべきか、シャルトの立ち姿がそりゃあ様になっていて、思わず見とれてしまうほどだ。

シャルトは、自身の誕生日会のときよりも気合いが入ってない？　と思えるほど。

「すばらしいドレスですね！　とてもお似合いです」

私がぼーっとシャルトの姿に見入っていると、サマルーがドレスを褒めてくれた。

シャルトは、私の姿を見ても特に何も言わないまま、時間を止めている。あれかなぁ？　咄嗟に上手い言葉が出てこないっていうタイプなのかな？　生真面目シャルトだから、トゥロンのように軽く女性を褒めるなんてできず、どのような言葉を出せばいいのか考えちゃうのかな？

……。って、別に、サマルーが褒めてくれたからって、シャルトにも何か言ってほしいなぁなんて思ったわけでは……。

いや、ちょっと思った。ちょっとだけだよ？

「少し、首元が寂しいようですね？」

サマルーの言葉に、アジージョさんが大きくうなずく。

「サマルー様もそうお思いになりますか？　首元になにかあるといいのですが、ドレスに合うものがなくて……」

アジージョさんとサマルーが顔を見合わせて再度うなずく。

「困りましたねぇ、せっかくの素敵なドレスなのに、こう首元が寂しくては……」

サマルーがそんなことを言うなんて珍しい。

「ええ、クローゼットにも、ドレスに合うアクセサリーがなくて……」

「そうですか、実に困りましたねぇ」

サマルーとアジージョさんが繰り返し言う。そんなに残念な感じになってる？

やっぱり今からでもチョーカーを作ろうかしら？　移動の馬車の中でも作れると思うし！

「そうだ、何かあるかもしれませんね。探してきましょう」

と、サマルー。

「あ、あの」

作るよ！　作るから大丈夫って言おうとしたら、サマルーはさっと背を向けてドアに向かった。

「そうですね、何かあるかもしれません、探しましょう」

アジージョさんもサマルーの後を追う。

さっきから時を止めたままのシャルトにサマルーが振り返って言った。

「シャルト殿も探してください。リエス殿のドレスに合う……ネックレスでもあればいいんですが！」

時を止めたシャルトを覚醒させるように、少し強めの口調だ。

「ああ、ネックレス、いいですね！」

と、アジージョさんも大きめの声を出す。

サマルーとアジージョさんの息が合っている。

え？　チョーカーじゃだめ？　ネックレス？

シャルトが、二テンポくらい遅れて反応する。

「そ、そうですね、リエスさんに合うネックレスですね！　探しましょう！」

シャルトは二人を追い越して、嬉々として出ていった。

サマルーとアジージョさんが、足取り軽く去っていく。

困ったって言ったよね？　何、ちょっと楽しそうなんだけど？

引きとめようとして前に出した手が宙をさまよう。

……。……。

作ろう！　戻ってくるのを待つ間に、薔薇のモチーフ作ってリボンに取り付けて、チョーカー作ろう。

ネックレスじゃないと駄目だと言われてもないものは仕方がない。首元が寂しいままよりはマシだろう。

「あれ？　ない、ない」

布はある。

でもはさみも糸も針も、お裁縫セットがない！

「どこに片付けられたんだろう？」

アジージョさんォォォ、裁縫セットはどこぉ？

……。

仕方がない。カバンの中から、裁縫道具取り出すか？

和ばさみ、糸きりばさみ共にこっちの世界では見ないから見つかるとやばいか？　三人がいつ戻ってくるかわからないし。

迎賓館の侍女に頼んで裁縫道具借りるのが早いか？

部屋の中をお腹を空かせた熊のように右往左往。

三往復目の右往左往のとき、シャルトが戻ってきた。

早いな、おい！

「リエスさん、後ろを向いてください」

言われるままにシャルトに背中を見せる。

すると、すぐにシャルトの手が後ろから伸び、首元にひんやりと何かが当たる感触が。

「え？」

そっと、感触のしたところに手を置けば、ネックレスと思われるものが。

首の後ろにシャルトの震える手があたる。

ドキンッ。

昨日サマルーに聞いた話を思い出して思わず胸が鳴った。

初夜を迎える男女。

シャルトにその気はないと知っているけれど、思わず想像して赤面する。

ぎゃーっ。

私、ムッツリだわぁ！

年下のイケメン君にネックレスをつけてもらうって、なかなか体験できるものじゃないよね？

役得？　役得？

ドキドキしてきた感情をごまかすために、思考が飛ぶ。

独身アラフォーの先輩が、ジャニーヅの追っかけを始めたのを、若い頃は全然理解できなかった。年下のアイドルの追っかけするくらいなら、恋人の一人も探せばいいのにって思ったものだ。

でもね、自分が歳を重ねると、その先輩の気持ちが分からないでもないのよ！

恋愛対象とか関係なく、アイドル見てドキドキキュンキュンするのもいいかなーって。

ちょうど、今みたいに。

別にシャルトとどうこうなろうって気があるわけじゃないけど、ちょっとトキメクのもいいかな。

……ホスト倶楽部に通うとこんな感じなんだろうか？

「似合いますよ」

シャルトの言葉にハッとして顔を上げる。

視線を上げた先には、鏡があった。ネックレスをした私と、その後ろで優しそうに微笑むシャルトの姿が映っている。

「これは……」

昨日の商人が見せてくれたネックレスの一つに似ている。

「受け取ってください」

鏡に映ったシャルトの顔が真剣そのものだ。

「僕は、リエスさんのことが……」

鏡越しに目が合う。

シャルトの思いつめたような表情に、私の戸惑ったような顔。

受け取る理由がないと、ネックレスを簡単に突っ返せるような雰囲気ではない。

シャルトが小さく首を振り、私の髪に挿してあった薔薇の髪飾りを一つ手に取る。

「一つ、いただいてもいいですか？」

「……ええ、もちろん」

シャルトは、私の横に立ち鏡に映る姿を見ながら、薔薇の簪を胸元のポケットに挿した。

まるで新郎が胸につけるブートニアみたいだと思うと、少しドキドキした。

「薔薇は、まさにリエスさんの花ですね」

「え？　そうですか？」

私、そんなに華やかな容姿してないと思うんだけどなぁ。

「初めて会ったときも、薔薇のドレスを着ていました」

ああ、そうだった。シャルトの誕生日会も薔薇の付いたドレスだったね。

だから私に薔薇のイメージが付いちゃったんだ？

こちらの世界のドレスは花のモチーフをくっつけたりしてないものね。フリルやレースやドレープやリボンの飾りばかりだもの。

「あのときから、僕は変わったんです。それまでの僕は、何に対しても真剣になれずに投げやりでした。結婚に対してもそうです。適当に釣り合いが取れる相手であればいいと思っていました」

あー、うん。分からなくもないよ。貴族って政略結婚とか多そうだもん。

それにさ……。

結婚したい！　がピークのときって、結婚自体が大切で相手は二の次に思うことあるよね？

二十九歳で、周りの友達が次々結婚するときなんてまさにそう！

アラフォーなめんなぁ！　そんな二十九歳を乗り越えれば取りつかれたような「結婚したい病」も少し落ち着くぞ！　三十三歳越えたあたりからはまた別のステージに突入だ！

話がそれた。

「投げやりで、やる気がなくて、人任せで、人のせいにすることも多くて、少し自分に不都合があればどうせ僕なんかと自暴自棄になり……ピッチェへの使節団のときもそうでした。リエスさんがいなければ僕はまるっきり役立たずで……」

シャルトの手が、私の手に触れた。

そっと手を持ち上げられ、優しく握られる。シャルトの手の平は温かくて、指先は冷たい。

「でも、リエスさんに言われて、僕は変わった。いや、変わろうと思ったんです。今回のキュベリア使節団でも、僕は役に立っていると思えません。だけど、自暴自棄にならない。他に僕にできることはないかと考えることだけは放棄しない。そう思ったんです」

握られた手と反対の手で、シャルトの手を包み込む。そして、そっと力を入れる。

「うん……」

偉いね。まだ、シャルトの誕生日会から少ししか経ってないよ？

数ヶ月の間にそこまで、考え方を変えられるのは偉いと思う。

「だけど、リエスさんのようにはなれない……リエスさんのように臨機応変に、苦難に立ち向かうなんて、まねできない」

あれか？　ガンツ王の不興を買いそうになったときのことかな？　あのときは苦難に立ち向かう

というか、とにかく必死で取り繕っただけなんだよね。

それに、臨機応変っていうのはさ、やっぱり……。

「シャルトさん、私とあなたでは、今まで経験してきたことが違います。きっと、シャルトさんが想像もできないほど、私は色々な経験を積んできました」

だって、十歳も年上なんだぞー。アラフォーだし。凹。

派遣社員でコロコロ仕事も変わったんだぞー！　凹凹。

役に立たない習い事もたくさん……。

「それから、私のようにとおっしゃいますが、私は私です。シャルトさんはシャルトさんですよ？　私にはないいいところがたくさんあります。そして、私にはできないこともたくさんできると思います。これから、多くのことを成し遂げると思います」

「僕が、リエスさんにできないことを成し遂げる？」

シャルトの目を見て、静かにうなずいた。

「シャルトさんは将来セバウマ領主となりますね？　領主には領主にしかできないことがあるはずです。あなたは私になる必要などないのです。立派な領主になる、それがあなたの使命です」

上に立つものが立派じゃないと、下のものが不幸になる。

これは、この世界でも日本でも違わない。

「私は、シャルトさんは立派な領主になれると信じています。今、過去の自分を反省し成長しようとあがいているシャルトさんなら、きっとなれます」

シャルトは胸を突かれたような顔を見せ、そして私の手を力強く握った。

「リエスさんが信じてくれる……それだけで、力が湧いてきます。立派な領主になれるか不安はありますが。……。ですが誓います。僕は、できうる限りの努力をすると」

「ありがとう。セバウマ領民に代わってお礼を言わせて。嬉しい。本当に嬉しい」

きっとこの世界は、領主の質一つで庶民の生活が変わる。

どうか、飢えて亡くなる人が一人でも少なくなりますように。

「リエスさん、三年……いえ、二年待ってください。二年でリエスさんが認めるような男になってみせます！」

二年後のシャルトを想像してみた。甘ちゃんのぼんぼんっぽさが抜けたシャルト。

ただでさえイケメンなのに、信念を宿した瞳と自信に満ち溢れた顔。

いい男になるね。

ああ、私があと十歳……いやせめて五歳若ければ……。おっとっと。

「で、では早速、部屋に戻って領主の勉強を……」

シャルトが、握っていた手を慌てて離した。

「ま、待ってシャルトさん！　祝賀会は？」

勉強って言った？

真面目なシャルトらしい。

「あ、そうでした、勉強は祝賀会が終わってからですね」

何？　本当に忘れてたの？

ぷっ、くすくすっ。

思わず笑ってしまうと、シャルトも笑った。

「ねぇ、シャルトさんはガンツ王のことをどう思う？　賢王？　愚王？」

シャルトがびっくりした顔をしている。

そりゃそうだ。そんな質問して愚王だと答えるわけにもいかないだろう。

仮にも他国の王を愚弄するような発言を使節団の一員がするわけにはいかない。

「私の言葉は訛《なま》っているでしょう？　キュベリアに生まれたわけじゃないからね」

シャルトの返事を待たずに言葉を続ける。

シャルトは、終着点の見えない話を途中でさえぎるわけでもなく聞いてくれる。

「別の国の生まれだから、他の人よりも多くのことを見聞きして経験してるの。だから人よりも少しだけ色々知ってる。それが運よく使節団の役に立つこともあっただけ。もし、シャルトさんが私のことを評価してくれているのなら……」

アドバイスなんて生意気かなと思ったけれど、亀の甲より年の功だよね？

「色々と見て考えるといいよ。百聞は一見にしかずって言葉があるの。誰かの言葉で、百回聞くよりも、見た方が何倍もいっぱい知ることができるという意味なの。せっかく、使節団という名目で色々な場所に行くことができるんだから、いっぱい見たらいいよ。そして、シャルトさんなら見るだけじゃなくて考えることもできるよね？　ガンツ王を見て、賢王か愚王か考える。賢王であれば、何が、どういうところが賢いのか。愚王であれば、どこを直すべきなのか。王だけじゃない。各地の領主や街の様子を見ても色々考えることがあると思う」

「……なるほど。人に教わるばかりが勉強ではありませんね、今このときもまさに学んでいるということですね？」

「そうです、リエス先生と呼んでください」

ぷっと、二人で笑う。

シャルトは、人の言葉がきちんと聞ける。

だから、絶対に成長する。

人の話を聞けない人間が一番成長しないんだよ。聞けないどころか、せっかく教えてくれている人をうざいと邪険にする人さえいる。

昔の派遣先の新入社員はひどい子達だった。せっかく指導してくれている先輩社員を陰で「枯れバァ」と罵るだけでまともに仕事ができないんだから。あんな子達が正社員で、私は派遣社員にしかなれなくてどれだけ悔しかったことか！

「リエス先生、他に僕にできることはありませんか？」

いつも真面目なシャルトのちょっとおどけた様子がかわいい。

ギャップ萌えってこういうの言うんじゃない？

「ふふふっ。じゃあ、宿題を出します。グランラ王都にあれだけ緑が多いのは何故でしょう？　グランラを出立するまでに答えを見つけてください」

「はい！　先生！」

二人で声を立てて笑っていると、サマルーとアジージョさんが帰ってきた。

サマルーの目が、シャルトの胸元の薔薇に釘付けになる。

「シャルト殿、いいですね。実にすばらしい」

顎に手をあて、シャルトの胸の薔薇をべた褒め。

「サマルーさんもいりますか？　まだありますよ？」

あんまり褒めるものだから、欲しいのかな？　と思ったんだけど、サマルーは残念な子を見るような目で私を見た。

「いいえ、必要ありません……」

そして、シャルトの肩をぽんぽんと叩いた。

その後ろでアジージョさんが深いため息をつく。

シャルトは苦笑いを一つして「さぁ、行きましょうか」と足を進める。

何、この一連の皆の行動は？　何だか、私だけ蚊帳《かや》の外な感じなんだけど？

「リエス様、ネックレスお似合いですよ」

アジージョさんは私の姿を最終チェックして送り出してくれた。


お城への移動の間、城前広場の人だかりが見えた。

すごい人の数と熱気。

武道館でのアイドルコンサートも、夢の国のカウントダウン花火も比較にならないほどだ。

まだ、国民への顔見せまでには一時間以上あるだろうに、お城からかなり離れた場所まで人の波は続いている。離れた場所からは、とても、お二人の顔が見えるようには思えないけれど、この時間を共有することができるだけでも幸せなのかな？

顔見せが終わってから祝賀会が始まるそうだ。

祝賀会が始まるまでは、会場となっている城の広間でお茶をいただく。

他にもグランラの貴族など、多くの招待客がいる。皆、チュリ様のお顔が拝見できるということでそわそわしている。

中には口さがなく噂をしている女性達の姿も。

「チュリ様はとても人前に出られるようなアレではないと聞いていましたが、どういう心境の変化なんでしょうね？」

「私、チュリ様のお姉様からお話を聞いたことがありますけれど、お妃の器とは思えない御容姿だと……」

「お子様を四人授かったことで、立場が磐石《ばんじゃく》だと勘違いなさったのでは？」

いずれも、チュリ様を馬鹿にしたような話ばかりだ。

酷い！　流石に、こんな人達に口さがなく言われ続けていれば、チュリ様があんなにも容姿コンプレックスになるのも分かるよ。

っていうか、なんだ、お妃の器の容姿って。

顔だけで妃を選ぶ王様なんて、ろくな王じゃないって分かんないのかな？

色欲におぼれた王は、国を潰《つぶ》すぞ？

どうでもいいけど、貴族の女性って、容姿しか自慢するところがないのかね？

国民への顔見せが始まったのは、地鳴りのような歓声で伝わった。

人の歓声が、空気を震わせる。圧倒的な迫力に身震いがした。

「すごい……ですね」

シャルトやサマルーも絶句している。

窓から外の様子を見れば、先ほど馬車で通ったときよりも人が集まっている。今もどんどん集まっているようだ。とても王都の人だけとは思えない。近隣の街からも集まっているのだろう。

「これほど、国民に慕われているのか、ガンツ王は……」

サマルーも窓の外を見ていた。

「キュベリア王家も国民に愛されているが、顔を見せるというだけでこれだけの人が集まるだろうか？」

サマルーのつぶやきに、シャルトは固い顔を見せる。

「……退屈王という噂に振り回されて、我々は大切なことを見落としていたのかもしれない……」

シャルトが、物事を見極めようとこの事態を見ている。

「賢王……か……」

シャルトは、王との謁見時に会った人物が広間にいないかと探し始めた。謁見時にいた人物は政治に何かしら携わっている人物だろう。

早速、シャルトは色々と考えて行動を始めている。

二年といわず、もっと早くにシャルトは大物になるかもしれない。

■第四章　お祝いの灯り

顔見せが終わっても、国民の熱狂はしばらく続いた。

しかし、夜のお祝いの準備もあるため、ある程度で落ち着き徐々に帰っていった。

祝賀会の始まりの合図の音楽に続き、国王王妃両陛下入場の宣言があり、広間の奥の扉が開いた。

チュリ様の顔を見ようと、奥へと進む貴族達。

まぁ、両陛下は二段ほど高い位置に立つから、そんなに前に行かなくても姿を見ることはできるんだけどね。

晴れ晴れしい表情のガンツ王と、幸福に満ち溢れた表情のチュリ様が姿を現した。

ほぅ～というため息が会場を包む。

「何と、お美しい……」

チュリ様を見た人々の感嘆のため息。

「チュリ様が醜いというのは単なる噂だったのね……」

「あれでは、誰も敵わないわよね。嫉妬《しっと》した誰かが噂を流したに違いないわ」

「素敵。チュリ様のファンになっちゃったわ」

ドヤッ！

って、私の手柄じゃないな。今日は、チュリ様に実際に化粧したのは、侍女の皆さんだもん。段の下の壁にぴったりと、チュリ様付きの侍女達が立っている。もちろん、ドヤ顔。そして、目に涙。

よかったね。やったね。嬉しいね。

祝賀会には非常に多くの人々がいたため、一人ずつガンツ王と話すような機会もなく、使節団の面々も場を楽しむだけだった。

ただ、シャルトは、色々な人を捕まえては真剣な顔で話をしていた。真面目《きじめ》だなぁ。せっかくのおいしい料理、少しは楽しんだらいいのになぁ。

ダンスの音楽が流れる。

息抜きに、シャルトをダンスに誘ってみようか？

アラフォーなめんなぁ！　社交ダンス教室にだって、通ったさ！　全六回の講座で、ワルツの基本だけは何とか踊れるようになったよ！

と、思ったんだけど、どうもこっちの世界のダンスは、習ったダンスとは違う。当たり前か。

てなわけで、ダンスは断念。

食事でもしようかと、お皿を取りに行くと、ちょうど化粧直しに退室するため席を立ったチュリ様と目が合った。

とても満足げな顔をしている。口元が、小さく「ありがとう」と動いた。

軽くお辞儀をして「よかったですね」と口を動かす。

貴族達は、チュリ様の容姿について語っている人はたくさんいたけれど、メイクを話題にする人はいなかった。やはりチュリ様の侍女達はメイク技術を秘匿することにしたらしい。

キュベリアでは、私のしたメイクの話があっという間に広がっていてびっくりしたもの。貴族の伝達能力恐ろしい。

祝賀会が終わり、迎賓館に戻るとシャルトやサマルーは使節団の他の官吏を集めて会議を始めた。

私は、予定通り街へ出るために、侍女風の服に着替えメイクを落とす。

吾妻さんへの荷物も忘れずに抱えて北門へ向かうと、声がかかった。

「荷物をお持ちしましょうか？　女神よ」

この声は、振り返るまでもなくトゥロンだ。

私の返事を聞くまでもなく、トゥロンは女性が持つには少し大きめの、反物《たんもの》の荷物を持ってくれた。

こういう行動がいちいちスマートなんだよねぇ。で、ついお願いしちゃうわけだよ。甘えべたな私でさえ。

「実は、街まで届けなくちゃいけないんだけど……」

まぁ流石に、間接的なお願いの言葉になっちゃうけど。

甘え上手な娘がうらやましい！　でも、上目遣いで「おねがぁい」と猫なで声が許されるのは二十代前半までだろう。

「是非《ぜひ》、お供を」

「いつもありがとう。本当に感謝してます。そうだ、今日は夕飯をご馳走させて！」

人の厚意に甘えたままってていうのは、後味が悪い。せめて、お礼にご飯くらい……。

「お気遣いなく女神よ。トゥロンめは、女神を見ているだけで満足なのです。今回も、街の人達と何か計画があるのでしょう？　それをご一緒できれば、この上なく楽しいときが過ごせますゆえ。どうぞ、この悪趣味をお許しを！」

気を遣わせないようにという気の遣い方は、トゥロンの方が上手《うわて》だわ。

「では、お願いします」

トゥロンの馬に乗り、街への道を進む。

「この荷物はどちらへお運びすればよろしいのですか？」

トゥロンに女将《おかみ》さんのお店まで運んでもらえれば、万が一吾妻さんがお店周辺で見張っていても見つからないんじゃない？

「えーっと、この間のお店の給仕の娘さんに渡してほしいんです。その荷物を運んでくれる人が店まで取りに来てくれることになっていて」

「分かりました。このトゥロンめ、必ずお届けいたしましょう」

「それから、給仕の娘さんに、荷物を取りに来た人に『ＹＡＭＡ』と言ってもらいたいの。相手が『ＫＡＷＡ』と答えたらその人に渡すように伝えてもらえるかな？」

トゥロンが、聞きなれない言葉に何度か単語を口にする。

「ＹＡＭＡ、ＫＡＷＡ……ヤマ、カゥワ……」

「そう、ヤマと言ったらカワ。私の故郷では有名な合言葉なんです」

トゥロンが興味深そうな顔をした。

「へぇ、女神の故郷……この荷物は故郷の人へのお届け物というわけですね。それにしても、合言葉とは面白いですね。他にもあるんですか？」

「えーっと、何だろう？　ヤマ、カワほど有名な合言葉なんてあったかなぁ？　サクラ、サクとか？」

「サクラ、サクですか？」

「あはは、ゴメン、合言葉とは違うか。サクラっていう花があってね『サク』っていうのは咲くことで、サクラサクで合格を意味するの。成功するってことね。で、失敗したことはサクラ、チルって言うの。『チル』は散るってこと」

「なるほど、直接成功や失敗を伝えるのではなく、花が咲いたか散ったかと言葉を変えて伝えるのですね。なんとも風流ですね」

うん。そうだよね。合否の結果を、ちょうど春の花である桜の花で伝えるとか、誰が考えたんだろう。

今はネットで合否調べればすぐだとか、ちょっと情緒がないよねー。

ああ、そうだ。今でもまだ、郵送で合否が送られてくるものもあった。

「残念ながら今回は」っていう、履歴書と一緒に送られてくるアレ。もうちょっと会社ごとに個性的な情緒あふれる文面であれば、少しは慰めになるのだろうか？　凹。

街に入り、トゥロンに荷物を頼むと私はそのまま広場へ向かった。

広場にはちょうど女将さんがいた。

「何か手伝うことありますか？」

「ああ、ありがとう。作業の手伝いはなんとか手が足りているんだけれど、街の外から来た人達、何とかならないかねぇ？　紙がものめずらしいのは分かるけど、何だ何だと寄ってきて作業がはかどらなくってさ」

言われて見れば、懸命に作業を続けている人達と、それを見て邪魔している人達がいる。

んー、どうしようかなぁ？

「女将さん、余った紙はありますか？」

「ああ、あるよ、あるよ。そこに積んであるの、使っておくれ」

広場の西側の店の前に、紙が積まれている。かなりの枚数だ。

紙作り張り切ったんだなー。これだけあればいいかな？

紙を一枚手にすると、小さい頃によく作った紙飛行機を折る。それをぴゅーっと飛ばす。

うん、昔取った杵柄だね！　よく飛ぶ紙飛行機を研究し、飛ばし方を練習した腕はまだなまっちゃいない。

「おお？」

「なんだぁ？」

「鳥、じゃないな、何か飛んでったぞ？」

何人かが紙飛行機に気がついたようで空を見上げる。すると、つられて他の人も顔を上げる。

そこに、第二弾、第三弾の紙飛行機を飛ばす。目いっぱい注目を集めたところで、できる限り大きな声を出す。

「王都へお越しの皆さん、王都土産に紙飛行機はいかがですか？」

人々が集まり始める。

女将さんがありがとうとジェスチャーをして作業をしていた人達に声をかけてどこかへ移動して

いった。

集まった人に紙飛行機の作り方を説明する。興味を持った人が、紙を手にして折り始める。

「女神……紙というのも、あなたの故郷のものですか……」

人々の群れの向こうで、足元に落ちた紙飛行機をトゥロンが拾い上げた。

「……一緒に逃げることができれば……」

意味不明の呟きが私の耳に届くことはなかった。


日が暮れるころには、すっかり準備が整った。

私とトゥロンもそれぞれ火種を持ち、合図を待っている。

同じように火種を持った街の人がずらりと並んでいる。緊張した表情。

王城では、侍女たちが王様やお妃様達に、窓から街を見るように促しているころだろうか。

そうなのだ。お城にもお祭りの協力者は何人もいて、王様やお妃様にサプライズするために秘密を守ったり色々してくれている。

街の治安を守る警備隊の人達ももちろん協力してくれる。


合図の鐘が鳴った。

一斉に火種から、蝋燭に火をつける。

それと同時に、街の灯りが次々と消される。営業しているお店は、光が漏れないようにドアや窓が閉められる。

真っ暗な王都に、和紙のような紙に包まれた、優しい蝋燭の灯りが無数に揺れる。

綺麗。綺麗。綺麗。

日本で見た灯籠の祭りや提灯祭りも綺麗だったけれど、それとは比べものにならないくらいの美しさ。

街の暗さが違うからだろうか？

紙を作るところから皆で協力して準備してきたのを知っているからだろうか？

本番はまだこれからだけど、なんだか涙がにじんだ。

年々涙もろくなるんだよ……三十代になれば分かるから……若者よ。

皆、息を詰めて光を見つめていた。

不思議な空間。

ただ、柔らかな光が、人々の顔を映している。

その静寂は、驚きの声で破られた。

こうなることが分かっていた人も、やはり初めての光景に声を上げる。

「はぁーっ、こ、これは」

こうなることを知らされていなかったトゥロンは驚きを隠せない少しかすれた声を出した。

「きれいだね」

私の言葉にも、しばらく返事がない。

「私ね、ずっと見たかったんだ。故郷とも少し離れた場所で、コムファイってお祭りがあるの……」

アラフォーなめんなぁ！

『世界を歩こう講座』全十二回を一回も休まず受講しましたよ！

おいそれと海外旅行のできない派遣社員ですから。「海外旅行に行った気分になる」＋「見所を知ることができて旅行先決定の参考になる」すばらしい講座だったよ。

そこで知ったタイのコムファイという祭り。

一度見たいとずーっと思っていたんだよね。でも、派遣の切れ目は暇はあっても金がないので実現しないまま。凹。

「コムファイって天灯《てんとう》ともいうんだよ」

空に上がった、光り輝く小さな気球。

そう、蝋燭で暖められた空気で、袋状になった灯りは空へと昇っていく。

次々に空へと上がる光。幻想的な光景が広がる。

すごいすごいと、歓声を上げて見る者。

きれいだなぁと、じっと見つめる者。

大人も子供も、初めて見る美しくて壮大な情景に心の底から感激しているようだ。

「光が……空に上がっていくなど……」

トゥロンの独り言とも私に話しているとも取れる言葉に耳を傾けながら、満天の星空にゆらゆらと昇っていく天灯を眺める。

「女神、あなたは、本当に神の遣いであろうか……もう、隠し立てすることは難しい……女神……」

いや、だから、私は女神じゃないから。

神の遣いじゃないし。

まぁいいや。

否定の言葉は飲み込んで、今はこの美しい情景を目に焼き付けよう。

ガンツ王もチュリ様も、見てくれたかな。

サプライズプレゼントになったかな。

準備した王都の皆も、とても満足そう。

よかった。

私も、こんな素敵な祭りに参加できて、大満足。

第二弾、第三弾と次々に天灯が上げられていく。火をつけた天灯が、空に吸い上げられるように上がっていく瞬間は、何度見ても気持ちがいい。

街の人も、顔見せを見にきた他の街の人も、そして祭りに協力してくれた護衛の騎士達も、皆が魅了された光の祭典は、およそ二時間ほどで終了した。

その後は、天灯の打ち上げではなく、人間の打ち上げ！　笑。

酒だーっ。酒もってこーい！　な人達で街中大騒ぎ。

今回の立役者の一人として、あちこちから私に声がかかった。

アラフォーなめんなぁ！　酔っ払いの相手は任せて！

散々、会社の飲み会につき合わされたもんだ。上司の愚痴を聞かされ、セクハラにも耐えた。それなのに派遣社員から正社員へと昇格できなかったとか、悲しい思い出。凹。

いやいや、今日は陽気な酔っ払いばかりだから、全然苦になりません。

しかも「飲め、飲め」攻撃も女将さんとトゥロンが程よく回避してくれるんで、気持ちのいいお酒をいただきました。むふっ。


帰りは、酒が入っているので、馬の揺れが不安だったのと、多少酔いを醒ましたかったので徒歩。トゥロンも馬を引いて歩いて付き合ってくれた。

「女神、これを」

トゥロンが手渡してくれたのは、お守りくらいの大きさの小さな巾着袋だった。

「女神が預けた荷物は、合言葉を知る人物にちゃんと渡ったようです。その人が、お礼にと女神に渡してほしいと」

「ありがとう」

うわーっ。少し酔いが醒めた。

正直、すっかり荷物のことなんて忘れてたわ。

吾妻さんへの大切な荷物なのに。三十万（仮）もする荷物なのに！

ちゃんと、その荷物の行く末を確認してくれたなんて、トゥロンはなんて気が利《き》くんでしょう！

小さな巾着はポケットに入れる。

中に何か入ってるみたいだけど、月明かりではどうせよく見えないから後で確かめることにする。

もしかすると、オーパーツの類《たぐい》や、日本語で書かれた手紙だったりしてもまずいし、人目のないところで見たほうが無難だよね？

その後、祭りのことをトゥロンと色々話した。

迎賓館が近づくにつれて、トゥロンの口数が少なくなっていく。

「許してください……」

「え？」

唐突にトゥロンの口から出た謝罪の言葉。

許すもなにも、感謝することはあっても、恨むようなことなんて何もないのに。

わけが分からなくて。でも、お酒の席で何かあったのか必死で思い出そうとするんだけど、やっぱり分からなくて、沈黙。

沈黙のまま、二人と一頭が歩みを進める。

月明かりに照らされた静かな道。街の中心部では今も人々が酒を酌み交わし祭りの余韻を味わっているのだろうか。

とても、さっきまでそんな中にいたとは思えないような静けさ。

「故郷に、母と妹がいるんです」

トゥロンが小さな声で言葉を発する。

「そうなんだ、トゥロンには妹がいるんだね。私にもいるよ」

何を許せばいいのか、聞けないまま会話を続ける。

それからお互い妹との思い出話をしながら歩いた。

月の光が、私達の影を映す。

とても頼りなげな淡い影。

ふと、トゥロンが消えそうな気がして顔を見る。
辛そうな、悲しそうな、それでいて何かを愛おしむような表情。
月の光がそう見せているのかな。

この世界には三つの月がある。
三つの月……この世界が異世界だと認識させた月。
数は違うけれど、やっぱり月は神秘的だと感じる。

ねぇ、トゥロン、私はすぐにでも日本に帰りたいと思っているんだよ。
それは嘘じゃない。
嘘じゃないはずなのに……。
みんなと別れるのがいやなんだ。
トゥロンがどこかへ行ってしまいそうだと感じて悲しくなるんだ。
変でしょう？
わがままだね。
私の方こそ、突然姿を消してしまうかもしれないのに。

部屋へ入ると、すぐに寝てしまった。お酒が入ってたしね。

その分、朝はすっきりと目が覚める。

すっかり身支度を整えて、朝食前に昨日の夜にできなかったメールチェック。

派遣会社からの仕事の案内一件。

時給千円の三ヶ月の短期派遣ですって。こんな案内しか来ないと思うとため息がでる。

それから迷惑メールが二件と、携帯電話の会社から一件。新しいスマフォ発売のキャンペーンのお知らせ。あっ、そ。

私はこっちの世界にいる限り、ガラケーでがんばります！　だって、スマフォってなんだかんだいってガラケーより通信費かかるんだもん。しかも、充電がもたないって聞くし。金銭的に苦しいので却下！

カバンがある限り、とりあえず携帯が使えなくなっても家電話とネットがあるので、携帯電話に対する依存度も低いんだけどね。

携帯電話は、カバンから出すと相変わらず電波棒ゼロ。カバンがなければ宝の持ち腐れ。

吾妻さんは物を行き来させられないみたいだけど、電波は何処《どこ》で拾ってるんだろう？

カバンを失ったときのために、携帯はカバンに入れずに、別で保持していたほうがいいんだろうか？

もしカバンをなくしても、電波が拾えるどこかを吾妻さんに教えてもらえれば、少なくとも日本とのつながりは保てるよね？

でも、そもそもカバンを失って携帯だけ持っている状態で、吾妻さんとどうやって連絡を取るわけ？

吾妻さんを避ける方向じゃなく、吾妻さんと歩み寄っておく方がいいんじゃない？

……少なくとも、携帯以外での連絡の取り方を聞いておくべきじゃない？

今回みたいに、誰かを通じてもののやり取りができるんだから、第三者でも第四者でも挟んで連絡が取れるなら、知っておくべきかもしれない。

どこにいるか聞いておくのが一番なんだろうけど……聞くだけ聞いて、こっちのこと教えないわけにはいかないよなぁ。

まだ、ちょっとこっちの居所《いどころ》を教える勇気はない。カバンを奪われる可能性がゼロだとは言い切れないからだ。

ごちゃごちゃ考えていると、遠慮がちにドアがノックされた。

「リエス様、起きていらっしゃいますか？」

あれ？　もう朝食の時間？

携帯の時計を見ると、いつもよりも二時間も早い。

今日は、たまたま早起きしたから準備万端だけれど、普段なら起きてぼーっとしているような時間だ。

ドアを開けると、アジージョさんが立っていた。

「ああ、リエス様、もう準備がおすみで？　でしたら、食堂までお願いできませんか？」

「どうしたの？　今日は早いよね？」

「私も、よく事情は分からないのですが、昨晩、急な使者が来たようで……」

アジージョさんと食堂へ向かう。やっぱり、朝食で呼び出されたわけではないようだ。

食堂は、大きな会社の社員食堂くらいの広さがある。その窓際の片隅に、キュベリア使節団の主要な面々が集まって机を囲んでいる。

飲みものと簡単な食事が用意されているようだ。いつもの朝食と比べればとても簡素だ。パンとサラダのみ。普段は卵料理やスープやフルーツも並んでいる。

私の姿に目を留めると、サマルーが腰を上げた。

そして、握手を求めるように手を伸ばすと、一言。

「山が、動きました」

サマルーの言葉に、他の面々が相槌を打った。

あまりに緊張感をもったその一言に、つばを飲み込む。

「山が……動いた?」

地震でも起きましたか?

祭りのすぐ後に、ガンツ王からの遣いが来たそうだ。

予定を変更してできるだけ早くに会談したいと。

そのときには、必ずコレについて説明を聞かせてほしいと、遣いの者は天灯を手に持っていた。

入手早いな! ガンツ王!

「街の者に確認したところ、コレはリエス殿が広めたとか」

確認作業早いな! サマルー!

「今日、朝食後すぐに会談を申し出ました。リエスさんも参加していただけますか？」

会談早いな！　シャルト！

「分かりました」

まぁでも、想定内だよ。

「それにしても、驚きました。空に浮かぶものなど、雲や鳥以外に初めて見ましたから……」

いったい私は何者だ？　というような目が官吏の一人から向けられる。

「そうですか？　私は風に舞う枯葉や虫も空に浮かんで見えますけど？」

と、軽く返した。

「確かに、空には色々なものがありますね。コレは狼煙《のろし》の一種ですか？」

シャルトが、私の軽い感じに口調を合わせてくれた。

「狼煙……煙で合図を送るやつですよね。狼煙とはちょっと違いますが……まぁ、煙を捕まえて空に上がると考えれば似たようなものになるのかもしれませんね？」

「なるほど、空に昇る煙を捕まえて上がっていくのか」

もちろん違うけどね。

でも、空気を暖めると、暖められた空気は冷たい空気より軽いから云々とか言っても難しいよね？

そもそも、目に見えない空気という概念があるのかどうかも怪しい。それなら、煙という目に見えるもので表現したほうが分かりやすいかな。

しかし、蝋燭を使うことから、煙が昇っていくことと結びつけて考えるなんて、シャルトはすごいな。

「狼煙といえば、ここ数日の間に、狼煙と思われるような不自然な煙が上がっていたと報告を受けてますが、その後何か分かりましたか？」

サマルーの問いに、官吏の一人が答える。

「いいえ、キュベリアのものでもグランラのものでもないそうです。暗号の形も見慣れないものだったようで、偶然狼煙のように見えた煙だったのかもしれません」

「狼煙で、暗号を送れるの？」

私が素朴な疑問を発すると、サマルーが教えてくれた。モールス信号みたいな感じで、煙の長さの組み合わせで暗号を送るらしい。

また、軍事的には煙の色や短文用語などあって、短時間に色々な情報を伝えられるらしい。欠点は、夜と悪天候では使えないということだ。

あれ？　ってことは、今回の天灯を狼煙と関連付けて考えたってことは、欠点である夜使えないということが補えちゃうんじゃない？

天灯技術のある国は、軍事的に有利になるってこと？　夜襲とかしやすくなるとか？

怖！　私が持ち込んだ技術で戦局が変わるなんて……。

大丈夫だよね？　ちゃんと手は打ってあるし。戦争で有利不利なんてさせない！

「サマルー様、私達は無事にキュベリアに帰れますかな？」

私達が狼煙の話をしているのを沈痛な面持ちで聞いていた官吏の一人が、小さな声で尋ねた。

軍事に有利に使える技術を意図せずにグランラ王都に伝えてしまった。

この技術を知る者は、キュベリアにはいない。となれば、私達を足止めすればグランラが軍事的に有利になるだろう。

どうやら、そういう発想から出た言葉だ。

「流石に、使節団を帰さないということはありえないでしょう。しかし……」

サマルーが言葉を切る。全員の視線が私に集まる。


え？　え？

「私も帰りますよ！」

い、生《い》け贄《にえ》にしないでくださいよー！


「昨日は、とても感動した」

大広間での謁見《えっけん》ではなく、会議室のような部屋での会談。

円卓の奥中央がガンツ王。その周りに政府を支える要人が座っている。顔つきが、凡人と違うのよねぇ。鋭い。笑っていても迫力がある。その中には、どうも武人っぽい体つきの人もいる。将軍とかそういう地位の人だろうか？

一人ずつ紹介はされなかったが、中枢を担う人たちと思われる。ガンツ王を含み、総勢九名。

ドアに近い方にキュベリアの面々。こちらも総勢九名。なぜか、中央は私。ガンツ王の正面だよーっ。

私の両サイドにサマルーとシャルト。

なんだかこの配置おかしくない？　私は使節団の中でも一番下っ端の庶民のはず！

それとも、女性は私一人なのでレディーファーストとでもいうんだろうか？

壁際には、幾人《いくにん》もの人が立っている。警護や侍女や席には座れない官僚たち。

「あれほど美しいものはそう見られるものではない。チュリなど、子供達にも見せたいと、上の子二人を起こしに行ったくらいだ。もちろん、子供達も大喜びだった。礼を言うぞ。リエス殿」

「ありがとうございます。ですが、私の力ではありません。王都の皆さんが、昼夜問わず寝る間も惜しんで準備した成果です。とても手際よく作業を分担して、それはもう、驚くほどでした。すばらしい人達ですね」

国民を褒《ほ》められたことが嬉しいのか、ガンツ王の表情はにこやかなものだ。

「キュベリアの者にもお礼を言う。潤沢な資金を提供してくださったそうだな」

サマルーが代表して返答をする。

「急なことで、資金を提供するくらいしかお祝いに参加できませんで、お恥ずかしい限りです」

「いやいや、助かった。我を祝うために国民の生活が脅かされるのであれば本末転倒というものだ。キュベリアの資金があったからこそ、この冬の薪の確保も安泰だと聞いている」

国民は王を思いやり、王は国民を思いやる。

うわー、いいわぁ。やっぱりこの国、最高だね！

グランラで、私利私欲って言葉に触れた覚えがないよ。

うん、ごうつくばりな貴族とかいないんだろうか？　いやいや、いるだろうなぁ。チュリ様の顔見せ会の後の集まりにも、なんかそれっぽい狸がいたように思う。

ガンツ王の脇を固める人物達を見る。

いい部下に恵まれてるんだろうな。


それにしても、これだけ国民のことを考えるガンツ王は、なぜ同盟のことを遠ざけるようなことを言っているんだろう？

西のアウナルスに攻め込まれたときに一番被害を受けるのは国民なのに。

もしかして、攻め込まれたときの対策がしてある？

それとも、攻め込まれないような対策がある？


……まさか、アウナルスとすでに密約が交わされているとか？

指先が冷える。

もしそうなら、今私達がしていることは無駄どころか、動きがアウナルスにも筒抜けになるというマイナス行為だよね。

「ところで、リエス殿、この紙というものだが……」

ああ、駄目。今は考えている暇はない。

この場を乗り切ることに集中しなければ。

「この製法を、何処で覚えたのだ？　キュベリアの特産品というわけでもなかろう？」

ガンツ王の目が一段と鋭くなる。

キュベリア国内の色々な情報は常に入手しているのだろう。隠密やらスパイやらそういう類の人もいるに違いない。

キュベリアに紙というものが存在していれば、すでに聞き及んでいるという自信がガンツ王の言葉から読み取れる。

サマルーは無表情を貫いているが、キュベリア陣営には冷や汗を隠しきれていない者もいる。

「もし、秘密裏にキュベリアで生産されているのであれば、それはそれで驚きだが」

うはー。何でもお見通しだぞっと言われてるよ。

情報収集力によっぽどの自信があるんだ。

ちょっとは見習うのだ、キュベリア陣営よ！

サマルーを見れば、まだ無表情を貫き、口を開こうとしない。

えー、もしかして、私に丸投げ？

「お気づきでしょうか？　リエスの言葉は、我々キュベリアの者と少しイントネーションが違うということに？　実は、リエスの故郷はキュベリアではございません」

シャルトが堂々と発言する。

「ほう、なるほど。リエス殿の故郷の技術？　何故《なぜ》、今までキュベリアに伝わっていない？　これほどの技術が……」

これほどの技術、か。

ガンツ王は、どこまで紙の有益性を感じているのだろうか。

現代日本人である私にとって、紙と言ってまず思い浮かぶものは……。

持ってきていた、王都で作られた紙を、テーブルの上に何枚か重ねて置く。

一枚を手に取り、紙飛行機を折る。

「これは、紙飛行機です。飛ばして遊びます」

ガンツ王のいない場所に向かって飛ばしてみせる。

次に、紙を正方形に切り、折り紙の風船を作ってみせる。

空気を入れて膨らませて、手の上でぽんぽんと跳ねさせる。

「これは紙風船といいます」

そして、次にかぶとを作って頭の上にのせる。紙が小さいから、上にちょこんと乗るだけ。

「これは紙かぶと。帽子のようなものです。大きな紙を使えば、頭にかぶることができます」

次々と紙を折っていく姿に、感心したような視線が集まっている。

「故郷では、紙は、子供のおもちゃでした。キュベリアでは周りに子供もいなかったので披露する機会がありませんでした」

ガンツ王は、部下に手渡された紙飛行機を、初めてにしてはとても上手に飛ばした。

喉の奥で唾《つば》を飲み込む。これで、キュベリアに紙を伝えていない言いわけになるだろうか？

「子供のおもちゃ……か」

ガンツ王は、おかしそうに笑い出した。

「くっ、くっ、くっ。確かに、坊主が喜びそうだ！　リエス、後で作り方を教えてくれるか？」

「ええ、もちろんです」

「リエスの故郷は平和か？」

「そうですね。小さな島国ですから……」

嘘じゃない。日本は小さな島国だ。戦争も、もう何世代か前の出来事になっている。

わざわざ、細かく説明することはない。

ほんの断片を垣間見せれば、聡《さと》いガンツ王のことだ。勝手に都合のいいように解釈してくれるだろう。

紙という技術を子供のおもちゃに利用することしか思いつかない国と思われれば、そりゃ平和だと思われるよね。

実際は、受験戦争とか別の戦争があって大変ちゃあ大変なんだけど。

あ、今はゆとり教育とかであんまり受験戦争も昔ほどじゃないんだっけ？

「そうか……平和が一番だな」

ガンツ王がしみじみと感想を述べる。

えーっと、紙の技術をキュベリアに伝えてないことの疑問はこれで解決したのかな？

「この紙を見たときに、まさか子供のおもちゃだとは、到底考えもしなかった。愚かしいな。シャルト殿はどうだ？」

ガンツ王が、シャルトを指名した。

「そうですね。狼煙、密書、報告書……この紙というものが長期保存が可能であれば、各種記録に使えそうです。私も、政治や軍事方面での使用法しか想像できませんでした」

シャルトの答えにガンツ王がうなずき、私を見る。

「リエス殿、お分かりか？　この紙というものが、どれだけのことをもたらすのか？　我がグランラでもキュベリアでも、子供のおもちゃではすまない。そうだな？」

次にガンツ王は、隣に座る初老の男に声をかけた。

「はい。現在わが国では、木簡《もっかん》によって記録文書を保存していますが、保存庫の大きさに限りがあり、一般文書は十年、重要文書にいたっても五十年の保存となっています。ですから、百年前に起きた水害の処理について調べようにも資料が残っていないという有り様です。紙のように嵩張《かさば》らないものへ記録を書きとめて残すことができれば、現状の十倍、いや百倍の量が保存できるかと」

その言葉を受けて、別の人物が言葉を続ける。

「そうなれば、先人の知恵を活かし国も大きく発展できることは間違いないかと存じます」

いや、まぁ、分かるんだけどね、私にも。知識の蓄積って大切だし、情報の伝達も重要だもの。

「しかし、この紙というものは、そんなに長い期間保存できるものなのか？」

どうしようかな。もう、紙について全部暴露しちゃう？

「故郷には、紙に書いた千年前の恋物語が残っています」

場がざわつく。

千年という途方もない年月に、皆驚きの声を隠せない。

そうだろうな。

ここでは千年なんてもう伝説の部類だろう。日本では「歴史」として学習するからなんとなぁく、そういう時代があったのかと思えるだけで。

「千年？」

「そうです。紙は、火にも水にも弱いし、手で簡単に破ることもできます。ですが、虫や日光など幾つかの点に注意すればとても長い期間保存ができます」

手元にある紙を何枚か束にし、二つに折り曲げた。

「中心を糸などで縫いとめ、このような形にした『本』というものが、故郷には多く流通していま す。それも、娯楽としてです。吟遊詩人が伝えるような物語が書かれている本、動物や植物などの 知識を得るための本、子供が楽しむための絵が描かれた本など」

折り曲げた紙を本をめくるようにめくって見せる。

「なるほど、なるほどな。リエス殿の故郷とやらは、桃源郷《とうげんきょう》か? よほど長く平和が続いている らしい。千年もの間、戦火に焼かれず紙でできた本が残っているとは」

千年の間には戦国時代とか世界大戦とか戦争はあったけどね。

まぁ、細かいことはいいか。

あんまり故郷のこと尋ねられてもまずいし。適当に話を合わせて笑ってごまかしておこう。

アラフォーなめんなよぉ。必殺の、めんどくさい話は聞き流す、逆らわない、訂正しない、気に しないだ!

世渡りにはそういうのも必要だと学んだのは何歳くらいからだろうか?

「しかし、千年というのが大げさだとしても、五十年も保存できるならば充分でしょう。新しく書 き写していけば問題ないのですから。紙とは、すばらしいですよ。『本』という形も保存しやすい だけでなく、必要な情報を探すのにとても便利そうだ!」

興奮気味の文官の一人がガンツ王に唾を飛ばしながら力説する。

「実は、昨晩のうちにこの紙というものに書いてみたものがあります、ご覧ください」

力説した文官が、懐《ふところ》から小さく折りたたんだ紙を取り出し、ガンツ王に手渡す。

ガンツ王は、手渡された手の平に乗るほどの大きさの紙を広げて見た。

「いつも木板三枚分の報告書か！　これほどコンパクトになるのか？」

「私も驚きました。木板とは比べものにならないほど、書きやすいのです。もちろん布や革に書くのとは比べるまでもない。書きやすいので、文字も小さくてすみます。しかも、両面に書いても布のように裏にまで染みて読めないということもない」

その後も、他の文官も武官も、紙のどこがすばらしいのかというのを競うように散々言い合っていた。

密書に使えそうとか、地方の領地への情報伝達が発達しそうだとか。契約書など、文書にして残しておくことができるようになるとか。

キュベリアの面々は口出しはしないものの要所要所で深くうなずいていた。

「間違いなく、紙によって国は発展するだろう」

一段落したところで、ガンツ王が総括を述べる。

そして、来るべき時が来た。

私が、生け贄になるかどうかの時が。

いや、ならないけどね。


帰るよ。キュベリアに。じゃなくて日本に。

そう、最終目的地は日本だ。だから別にグランラから日本に帰るというのも、ありといえばありなんだけどね。

だけど、キュベリアで出会った人の顔が次々に思い浮かんで、グランラに留まる気にはならない。

もちろん、ガンツ王やチュリ様や女将さんや王都の人達もとても魅力的な人物には違いないよ。

でも、関わった月日が違うから仕方がないよね？

「さて、この紙を生産する技術、先ほどのシャルト殿の発言からも、キュベリアに紙の作り方が伝わってないのは間違いないようだが」

ガンツ王の眼力が通常の三倍増しになる。

先ほどのシャルトの発言？

そうか。ガンツ王の言葉に、リエスの故郷の技術だと答えたあれか。確かに、秘密裏に作っていないと明言したようなものか。

いわゆる言質を取られたというやつ？

本当、ガンツ王は侮れない。言葉選びに気をつけなければ。

慎重に、慎重を重ねて、この場を乗り切らなければ。

「そうだとすれば、現時点で紙の製法を知っているのは、リエス殿とグランラ王都の民だけということになる」

シャルトがテーブルの下でこぶしを握り締めているのが見えた。

サマルーは相変わらず無表情ながら、口を開いた。

「ええ、そうですね。キュベリアに帰り次第、リエスに紙の製法を広めてもらおうと考えています」

当然リエスを連れて帰りますよと遠まわしに言っている。

「リエス殿だが、滞在を延ばす気はないか？　チュリももっと話がしたいと言っておる。紙を使った遊びを子供達にたくさん教えてほしい。もちろん、使節団以上の待遇をもって迎えるが？　どうだ？　キュベリアが故郷というわけでもあるまい？」

あ、囲い込みの提案だ。

いい待遇という餌が鼻先にぶら下げられたよ。

でも、私の目的はあくまでも日本に帰ることだ。

どんなにいい待遇でも、行動の自由を奪われるのが一番困る。

紙の製法を秘匿するために、グランラ国内に留めようというのであれば、当然行動は制約されるだろう。見張りがつくかもしれない。

危ない、危ない。

「確かに、リエスにとって我がキュベリアは故郷ではありません。ですが、第二の故郷であり、キュベリアにはリエスの帰りを待つ者もおります」

サマルーが、ガンツ王に応戦する。

私をキュベリアに帰らせるために頑張ってくれてる。

でも、私を待つ者？

……。

お腹空いたー、うどんーって声が真っ先に思い浮かんだ。

ラト、私の帰り待ってるかな？

「チュリ様やお子様達のためにとおっしゃるのであれば、一度キュベリアに戻り、改めてということとで」
急ぐ用じゃないのだからまた今度ね、って意味の言葉をサマルーが発する。
それに対して、ガンツ王は、
「リエス殿を待つ者？　家族か？　恋人か？」
と、問うた。
え？
恋人？
ラトが、恋人？
咄嗟に上げた視線がガンツ王と合う。
いや、いや、うどん坊ちゃんが恋人とか、ない、ない、ないから！
同じベッドで寝たこともあったけど、全然そんなんじゃないし。
料理してあげても、そんなんじゃないし。
「なるほど、恋人か……若い娘の恋路を邪魔するわけにはいかないな」
ちょっと、ガンツゥ！　私の何を見て、恋人だと断言したのだ！
お前はセクハラ上司か！
人の恋路を勝手に想像するなーっ！
しかし、グランラ国内に留めることを、恋路一つで諦める？
ガンツ王は愛妻家だからだろうか。優先順位が恋路？
「無事に、恋人の下《もと》へ帰り着くように祈っておくぞ」

ぞぞっ。

無事に帰れると思っているのかと、そういう意味？

紙の製法を知っている私の口封じ宣言？

軟禁ならまだ御の字って言うの？

「リエスを含み、我々キュベリア使節団の帰路の安全へのご配慮、感謝いたします」

サマルーが、我々に何かあれば国際問題になるぞと、暗《あん》に言ってくれた。

だけどさ、正直なところどうなの？

私のような庶民一人のために、キュベリアが国として何かアクションとるかな？

なあなあにするか、交渉材料の一つにして、ちょっとだけキュベリアが有利になるか、その程度じゃない？

はー。やっぱり、保険かけといてよかった。

いざというときのための保険だよ。色々な状況を想定して、打てる手は打っておかないと。

さて、どうやって切り出したものか。

サマルーとガンツ王の間に緊迫した空気が流れている。

もちろん、他の人からも、緊張が伝わってくる。

こんな場で発言するのには、とても勇気がいる。

勇気がいるけれど、やるしかない。

アラフォーなめんなぁ！

派遣先で、派閥間で苦しんだこともあるんだ！　にらみ合ってるA派閥とB派閥。あんたはどっちの味方なのって空気。

そんなときに身につけた「空気が読めないふりをする」を今発動してやる！

流石に、いきなり歌いだすような傍若無人なまねはできないので、すこぉしだけ緊張感の抜けた声を出す。

「あの、よろしいでしょうか？　少し誤解があるようなのですが」

「誤解？　話してみよ」

ガンツ王の許可も取れた。

「確かに、数日前まではキュベリアで紙の製法を知る者はいなかったはずですが、今は違うと思います」

張り詰めていた空気がざわりと揺れる。

「どういうことだ？　こちらの調べに間違いでもあるというのか？」

ガンツ王の二つ隣の人物が声を上げた。

「リエス殿は、以前にも誰かに紙の製法を伝えたのかね？」

声を上げた人物を制し、その隣の初老の男がゆっくりと言葉を発する。

「いいえ、故郷を出てから紙の製法を伝えたのは、四日前のグランラ王都が初めてです」

「それならば、どうしてキュベリアに紙の製法が伝わるというのだ？　グランラ王都にスパイでも紛れ込ませたか？」

ああ、そうか。スパイっていうのが世の中にはいるんだ。

でも、サマルー達の情報収集能力からすると、どうもキュベリアはそっち方面は手薄みたいだよねぇ。

「いいえ。私には、それは分かりません。私が言えるのは、あの場に居たのは私と共に準備を手伝ってくれた旅芸人の一座の者たちです」

「一座！」

一番初めにこの言葉にぴんと来たのはサマルーだったようだ。

「お祝いの祭りの相談をすると、確かにリエスと行動を共にしていた。そういえば、ここ数日は姿を見ていないが、まさか」

私はサマルーにうなずいてみせた。

「すでに、キュベリアへの帰路につきました。馬車持ちの一座ばかりです。旅にも慣れていますから……」

ガンツ王の左隣の男が、私の言葉に続けた。

「特に問題の報告は受けていません。昨日には国境を越えているかと……」

それを聞いて安心した。

「五つの一座の皆さんは、紙作りを手伝っていますから、当然製法も知っています。国境を越え、キュベリア各地に散った一座は、それぞれの地ですでに紙作りを伝えていると思います。馬車持ちの一座が地方巡業するときは、芸を披露する他に、情報伝達の役割もあると聞いています」

しーんと静まり返った会議の席で、一番初めに口を開いたのはガンツ王だった。

「すばらしい！」

ガンツ王は、腰を上げて拍手をした。

グランラ側には、ガンツ王の意図が分かってうなずく者もいる。

え？

これ、何？

拍手される意味が分かりません。

だって、ガンツ王の目論見？　紙の製法を独占するというのを、阻止しちゃったことになるんだよ？　怒らせることはあっても、褒められる筋合いはないよね？

それとも、この拍手は、まさか……。

「よくも、出し抜いてくれたな！　許さん！　生きて帰れると思うなよ！」って合図？

ガンツ王の表情を恐る恐る見れば、笑顔なんですけど。

でも、笑顔から一転「十倍返しだ！」とか言わないよね？

ガンツ王は拍手を終えると、ゆっくりと語りだした。

「キュベリアも、我が国と同様、取り立てて産業とするものがなく貧しい村や街もあると聞いておる。主な原因は、農地となる土地の不足と、王都などの都市との距離の問題だ」

ん？

話が、別方向になった？

「険しい山に囲まれていては、開墾《かいこん》もままならない。山からの恵みはあるものの、自給自足で足りないものもあろう。王都に住む者との生活レベルは残念ながら開くばかりだ。我がグランラでも、そういった村々を何とかできないかと頭を悩ませている」

うん。難しい問題なんだよね。

文明の進んだ日本だって、田舎の過疎化は問題になってるから。

働く場所がないとか、不便だとか言ってね。でも、不便といっても電気水道ガスはあるし、ちょっと時間はかかるけど車で買い物もできるし、今ならネット通販とかで欲しいものがすぐに手に入る。

きっと、そんな不便とは比較にならないくらい、この世界の田舎は大変なのだろう。想像できないけど。

病気や怪我《けが》をしても医者みたいな人もいないだろうし。災害が起きても、それに対応してくれる領主様？　とかへの連絡だって何日もかかるのだろうし。

「キュベリアが、貧しい村々の娯楽のために、いくつかの優れた旅芸人の一座に馬車を与えて巡業させているというのは聞いていた。それはそれで、立派な試みだとは思う。人は食うだけでは疲弊してしまうからな。しかし、根本的に貧困を打開する策も必要だ。紙の生産を王都ではなく貧しい村で行わせるつもりとは」

ガンツ王の右隣の人物、先ほどうなずいていた壮年の男が口を開く。

「確かに、王都で紙の生産は難しいと思われます。大量の薪が必要なため、生産に向いているのは薪が容易に手に入る場所と言えましょう」

そうだね。女将さんも、薪がなくては困ると言っていたもの。

近隣の村に薪を買いつけに行かされたときに「これだけの薪の需要が一年中続くようでは、いずれ不足する」と言っていた。

そうしたら、もっと遠くから薪を買いつける必要が出てくるだろう。輸送手段に馬をあてにできないこの世界では、薪を遠くから大量に運ぶのはかなりの重労働だろう。

「山奥であれば、薪には事欠きません。そして、生産される紙というのは、薪などに比べ軽くて運搬は楽。食料と違って腐敗の心配もなく、運搬を急ぐ必要もありません」

そうだね。薪を運ぶより、紙を運ぶほうが楽だろう。

まぁでも、紙もね、大量になると重いよーっ。

独り暮らしの何が大変って、溜まった雑誌を廃品回収に出すときだよ！　重い、重い！　ほら、つい、たくさん一度に束ねたくならない？　束ねてもさ、持てないんだよ！　重くて。ほどいて半分ずつに束ね直すとか、何度経験したことか。

そして、見られたくない雑誌は、背表紙にガムテープ貼ってファッション雑誌でサンドイッチも忘れずに。

……結婚の予定もないのに買ってしまった結婚情報誌とか……凹。

いや、別に見た人が「結婚の予定もないアラフォー女子が結婚情報誌捨ててる」って思うわけないんだけど……なんていうか、見られたくないと思っちゃう乙女心。

と、くだらないことに思いを馳せる私などお構いなし（？）に、文官は説明を続けていた。

「さらに、何と言っても紙の需要は半永久的に見込まれるでしょう。最終的には子供のおもちゃまで需要は広がると予想されますが、概《おおむ》ね普及するまでは主に富裕層の需要が高いでしょう。それ故《ゆえ》、ある程度の価格も保障されましょう」

ガンツ王は大きくうなずく。

「つまりは、王都から離れた山奥の産業の乏しい貧しい村で紙を生産するということは、薪の資源確保の面と、紙を売ることで得られる収入による村の生活向上という面で、一石二鳥というわけだな」

うん、過疎化の村では産業を育てるのは大切だ。仕事を作ることもね。

「馬車持ちの一座がキュベリアの僻地《へきち》の村や街を巡り、紙の作り方を伝えて回っているというのは何とすばらしいことか。本当に恐れ入る」

ガンツ王が再び大きくうなずく。

「下々の民の生活までよく考えているのが分かる」

は？

……。

えーっと、うーんと、誰が、下々の生活を考えてるって？

ガンツ王の言葉に続けて、グランラの文官が納得顔で口を開く。

「そうですね。貧しい村に巡業させるのは、村人達への娯楽提供だけではなく、逆に国内の情勢把握の意味合いもあるのでしょう。違いますか？」

サマルーが是を示す。

「流行り病、不作、そのほかの災害、何かあれば助けられるようにとのことでしょう？　そして、今回は役に立つ情報をいち早く伝えようとグランラでの滞在期間を縮めて各地に向かわせた。村人の生活向上のために」

いや、違う、違う。私の保身のためだって。

保険よ、保険。

紙の作り方をグランラの王都で教えちゃったら、キュベリアに不公平かと思ったたってのもあるけど、一番は保険。

作り方を知る者が少なければ、口止めも可能だろう。しかし、知る者が多くなれば、口止めなど不可能。

まぁ、つまり、紙の作り方を広めさせないために、独占するために、私を捕まえても無駄だから、帰してね？

「もし、日程どおりキュベリア王都へ帰還してから再び巡業に出たのでは、情報が伝わるのが一月以上違ってくるでしょう。冬になれば雪に閉ざされ、せっかく生産した紙を売りに行くこともできなくなる」

えー、そうなんだ。

それにしてもすごいね。

ガンツ王といい、その腹心？　といい、物事をすごく深く考えてる。

それも、王都からすれば遠隔地の人間の生活を。

どれだけ国民を大切に考えている人達なんだろう。頭が下がるよ。

「見習わせてもらうぞ」

ガンツ王は、テーブルの横に立って控えていた一人に命を下す。

「紙の生産方法を、山の中の貧しい村から順に伝えよ！　生産した紙は当面は国が責任をもって買い取る。金額については使った薪の価格の最低三倍は保障する。早急に準備せよ」

部下は姿勢を正し、一礼して出て行った。

「申し訳ない。会談中にするべきことではなかったかな」

ガンツ王は部下を見送ると、キュベリアサイドに視線を戻して腰を下ろした。

「さて、では本心で語らせてもらう。同盟についてだ」

あ？　今度は同盟の話？

えーっと、私の身の安全はどうなったんでしょうか？

保険は利いた？

「紙の件は、もうよろしいので？」

シャルトが、私の疑問を口にしてくれる。

「ああ、もとより、我が国に有益だからと独占して余計な争いを生む気はないからな。逆に、キュベリアが紙に対してどのように考えているのかを知りたかったのだ。紙の生産を一部の者に許可を与えて特権とすることや、紙に税金をかけるなど国民に対してよからぬことを考えているのではないかと。どうやら、旅芸人に広めてもらうということで、そうではないということが分かった」

冷や汗たらリ。

そういうつもりもないし、私の独断行動なんだけど、どうしよう。

まぁいいか。五つの一座が村々を回って広めてくれているんだから、キュベリア王都に情報が届くころには、紙の作り方は相当広まっているだろう。独占生産や販売などできないくらいに。

ガンツ王の考えもあながち間違いとは言えない。

「いや、分かったことは、それだけではない。キュベリアが国民のことを思いやる国だと分かった。色々と試すようなことばかりをして申し訳なかった。しかし、許してほしい。グランラ国民が犠牲になることは避けねばならぬ。それが王としての務めだ」

もっともだ。

「同盟の意図を、図りあぐねていたのだ。西の大国に対抗するために一大勢力を作るための同盟。これは、西対東の全面戦争になりはしないか？　西に攻められないようにするために同盟を組むこともあれば、西に攻め込むために同盟を組むこともあろう？　本心が分からなかった」

そうか。同盟を組んで終わりじゃないもんな。

同盟国のどの国が主導権を取るか、主導権を取った国がどのように同盟を動かすか、確かに不安だ。迂闊に判は押せないよね。

初めから参加していないのではなく、一度参加したのにもかかわらず「やっぱりやめます」の方が大変だ。

ほら、結婚より離婚の方が大変とか言うし。って、例えが違うか。

同盟を抜けて「裏切り者」と標的が西から自国へと移ったりしては大問題だもんね。

「どうやら、キュベリアの国民に対する政策から考えるに、戦争を仕掛けるための同盟というわけではない。そう考えてもいいのだな？」

私は国政に関わっているわけではないので、当然このあたりの会話は参加しないで黙る。

「キュベリア王に仕える者として発言させていただきます。王は血を好む性質ではありません。同盟に関しての会談の席を設けていただけるというのであれば、ガンツ国王陛下自ら王をお試しくだされればと思います」

サマルーが目を輝かせる。

同盟が叶うか叶わないか、それは今後次第だが、話し合いの席が持たれるだけでもすごい前進と言えよう。

そのチャンスがめぐってきたのだ。

「一つ、お尋ねしてもよろしいですか？」

シャルトが口を開く。

「なんだ？」

「西に攻められないために、キュベリアは同盟が必要だと考えました。グランラは、同盟以外に、西に攻められないための、もしくは攻められたときの対策はあるのでしょうか？」

ガンツ王が口の端を上げた。

「コレだ」

ガンツ王は、自分の首をチョンッと切るジェスチャーをする。

キュベリアサイドは驚きで声も出せない。

誰の、首をチョンパするのだ？

グランラメンバーは悲痛な顔をしている。

「西に攻められたら、応戦せずにすぐさま白旗を揚げる。必要なら、この首を差し出すだけだ」

ガンツ王の言葉に迷いはなかった。

その決意に、どうやら国の主要メンバーは同意しているらしい。

表情を見るに、諸手《もろて》を挙げて賛成というわけではなさそうだが。

国が攻め込まれて、滅ぼされるかもしれないというときに、戦いもせずに降参する。その考えに、シャルトは絶句したまま。

「戦争となれば、国民が傷つく。土地が荒れる。いいことは一つもない。この首一つでそれが回避できるのであれば安いものだ」

ガンツ王の言葉に、シャルトが理解できないという表情のまま、質問を続けた。

「戦争をしないために、国を明け渡すのですか？」

「おかしいか？　いや、しかし誤解のないように言っておくぞ。相手が西だとすればそうすると言っているだけだ。相手がキュベリアやまた別の国なら違う対応をさせてもらうさ」

シャルトは、ガンツ王の言葉を受けて必死に考えをめぐらせている。

「西の大国は、敵わない相手だからですか？」

ガンツ王を理解しようというシャルトの気持ちが伝わってくる。

「それもある。が、それだけではない。アウナルスは、攻め滅ぼして領土とした土地の国民も、昔からのアウナルス国民も同じように扱っている。攻め滅ぼした国の民だからと、奴隷にしたりは決してしない。領土としたからには、皆が幸せに暮らせるような治世を施す。グランラ国民にしてみれば、王の首がすげ替わり、国の名前が変わるだけのことだ」

なんと、自分がいなくなった先の国民の幸せも考えての選択とは。

本当に、ガンツ王はすごいな。

あれ？

でも、そんなガンツ王も認めるような治世を行っているってことは、西の王様もいい王様じゃないの？

だったら、なんで西の大国の王様は、戦争するんだろう？

「しかし、我とて人の子。欲もある。できればチュリや子供達と共に生き、大往生するのが望みだ。首を渡さず、国も荒らさぬ方法があれば是非と思う。キュベリアが平和のために同盟をというのであれば、前向きに考えよう」

ガンツ王が立ち上がったのを合図に、皆立ち上がる。

おっと、おっと、ワンテンポ遅れを取って、私も慌てて立ち上がる。

サマルーとガンツ王が歩み寄り、力強く握手を交わす。

どうやら、これが一つの会談の終了らしい。

部屋を出るときに、ガンツ王から声がかかる。

「リエス殿、今度は是非恋人と共に訪れるがよい。歓待するぞ」

その笑顔が、怖いんですけど。

全力で、遠慮します。

……というか、恋人がいないので共にっていうのは永遠に無理ですけどね！

ああっ、凹……。


お城にいる間は、キュベリアサイドは黙して語らず。

迎賓館に戻ったとたんに、日本だと万歳三唱といった盛り上がり。

自分達の役割である、同盟への足がかりを作ることに成功した喜びが、メンバーからあふれてる。

しかも、特に何のマイナス条件もなく、現時点ではキュベリアと対等に話し合いがもたれるようなのだ。

「リエスさん、リエスさんのおかげです！　また、引き離された気分ですが、僕も頑張ります！　必ず追いついてみせます！」

「リエス殿、本当にありがとう。紙の製法についての配慮にも感謝してもしきれません。まさか、一座との打ち合わせがこういうことだったとは……」

「ああ、一刻も早くキュベリアに戻りたいです。そうだ、この吉報を狼煙でも上げて知らせますか？」

「狼煙か、早速紙に報告を書いて早馬を飛ばしますか？」

喜びながらも、今後のことの話し合いは忘れない。

すぐに会議を開くというので、私は退席させてもらった。

■第五章　闇と希望の光

部屋に戻って、ウィッグぽいっ。ドレスもぽいっ。カバンからジャージを取り出して身につける。

そして、ベッドにダイブ。

「うはー、終わった、終わったぁ～！！！！！」

大の字。

ああ、心も体も解放感。

この、一大プロジェクト終えた感じ、久しぶりだ。

よかった、私は無事にキュベリアに帰れそうだし、同盟のことも一歩進んだみたいだし。

まさか、身の安全を図るために一座の皆に紙の作り方を広めてもらったのが、貧しい村救済行為と捉えられるとは。

それが、ガンツ王に認められるとは。

なんだか、棚から牡丹餅《ぼたもち》！

上手《うま》く行きすぎって気もしないでもない。

ガンツ王、私の故郷は平和なんだなってうらやましそうだった。

平和かぁ……そうだね。

確かに、独身で肩身が狭かったり、派遣社員で将来が不安だったりするけど、明日戦争で死ぬかも、今年不作で飢えるかもってそんな心配はしなくていいものね。

ああ、日本、懐かしい。

こっちに来てからまだ半年も経ってないけど、随分昔のことのよう。

帰りたいなぁ。早く帰りたい。

カバンから携帯を取り出す。

昨日は祭りから帰ってすぐ寝ちゃったから、ノーチェックだった。

携帯を取り出すときに、何かが引っかかってコロンとベッドの上に落ちた。

「何、これ？」

見覚えのない、小さな巾着。

いや、どこかで見たよね？

なんだっけ？

そうだ、トゥロンから渡されたんだった。荷物のお礼だと吾妻さんの遣いの人から渡されたという。

何が入ってるんだろう？

口を広げて、逆さまにする。手の平に、一枚のコインのようなものが落ちる。

穴の開いたお金よりも少し大きなコインのようなコレ……。

「あれ？　似たようなもの、どこかで見たよね？　お金ってわけじゃないこれって……」

どこで、見たんだっけ？

お礼というわりにはお金としても使えない、金銭価値が分からない謎のコイン。

お礼？

「ああー！　ラトからもらった呪いのコインに似てる！」

どこにやったっけ？

っていうか、吾妻さん、なんであなたまで呪いのコインを私に渡すの〜！

それとも、これは呪いのコインじゃないのかな？

涙目になりながら、メールチェック。

昨日、吾妻さんから届いていたメール。

『お礼に渡す巾着の中身は、決してなくしたり人に見られたりしないように。詳細は長くなるので後ほど』

……。

ぎゃーっ！　やっぱり呪いのコインなんだー！

人に見られたら大変なことになるんでしょー！

もぅ！

なんでラトも吾妻さんもやっかいなものを私に渡すんだよー！

精神的ダメージを受けながら、メールチェックを続ける。珍しく吾妻さんからもう一通メールがある。

『荷は確かに遣いのものが受け取ったと連絡あり。一週間後に手元に来る。また連絡する』

お？

無事に吾妻さんサイドに渡ったんだ。って、まぁトゥロンからは聞いていたけど。

吾妻さん本人の下《もと》に渡るのは一週間後？

じゃあ、吾妻さんは、ここから急いでも一週間はかかる場所にいるってこと？

そんな場所でどうやって連絡を取り合っているんだろう？

あ、狼煙！

不可解な狼煙が上がっていたとか言っていたのって、まさか？

なるほど。

吾妻さんは狼煙で連絡を取っていたのか。他に携帯を持っている人がいるわけじゃないんだ。

だとすると、狼煙での連絡方法を教えてもらえば、たとえ私が携帯を失っても吾妻さんと連絡が取れるんだろうか？

メールチェックを終えると、携帯と呪いのコイン入りの巾着をカバンの中に戻す。

そういえば、ラトからもらったコインはどこだっけと、カバンに頭を突っ込んでがさがさ。

見つけたコインを、吾妻さんからもらったものと見比べる。

うん、似てる。

っていうか、表の模様は同じっぽい。十字に丸が三つデザインされてる。裏は違う。なんだろ、
そうだ。焼印で見た国だか街だかの印に似た図案が施されてる。

その下に文字？　シャルトに教えてもらったこちらの世界の文字とも違うから生憎《あいにく》読めないけど、文字っぽい何かがある。

読めないなんて……ますます呪いの言葉みたいで不気味だ。

慌てて巾着に二つとも入れ、テレビの横に置いた。

その日の夕食は断った。

とても、何か食べる気分にはなれなかったから。

アジージョさんには心配されたけれど、数日の疲れが出ただけだから大丈夫とドア越しに声をかけた。

違う。

本当は違う。

疲れが出たんじゃない。

ショックで、動きたくない。

ベッドの上で丸まってジッとしてたいだけ。

何もしたくない。

まさか、まさかだ。考えてもみなかった。

昔読んだ自己啓発の本だったか、それともスピリチュアルの本だったか、何かに書いてあった。

『人生はプラスとマイナスがちょうど釣り合うようにできている』と。

努力や苦労と、得た幸福は釣り合う。

何の努力や苦労もなく得た幸福の後には、不幸が待ち受けている。

そんなことが書かれていたと思う。

海外の金持ちがボランティアに力を入れるのは、この法則をよく知っているからだとか？

細かい内容は忘れちゃったけれど、自分磨きもせずに「いいことないかなぁ」って思っていたって、あるわけがないというような話に習い事を始めたんだよね。

……。

今回のガンツ王との会談は上手くいきすぎたんだ。

棚から牡丹餅だったもん。

上手くいった分、それなりの反動があったんだ。

きっとそうだ。

ぎゅっと力いっぱい握り締めた手紙は、ぐしゃぐしゃにつぶれている。

ベッドの上で背中を丸めて横になっている。

その私の中心につぶれた手紙。

ユータさんに出した、私の手紙。

『転居先不明』の判が押され、戻ってきた手紙。


ユータさんに手紙を出したときには、返事をもらえれば日本に帰れると思ってた。

まさか、ユータさんに手紙が届かないなんて、そんなこと思いもよらなかった。

何年ユータさんがこっちの世界にいたのか知らない。

独り暮らしだったのか実家暮らしだったのか知らない。

帰ったときにはすでに家賃滞納や他の理由で、この住所にユータさんの居場所はなかったのかもしれない。

帰ってから五年経ってるし、その間に何かあったのかもしれない。

ラトからもらった住所に、ユータさんはいない。

ユータさんに手紙は届かない。
ユータさんと連絡は、取れない……。

どうしよう、どうしたらいい?
日本に帰れない。
日本に帰りたい。
私、帰れるの?

帰れないかもしれないという恐怖が胸を締めつける。
怖いよ。
帰れなかったらどうしよう。
助けて……。
どうしたらいいの?
お願い、誰か、助けて……。

知らぬ間に涙があふれ、布団を濡らしていた。
とめどなく流れ続ける涙。
体を丸めたまま、泣いた。

誰もいない部屋に一人。
すっかり日が落ちて暗くなった部屋に一人。
泣いて、泣いて、窓から光が差しているのに気がついた。
月明かりは心もとないけれど、それでも真っ暗ではない。
部屋に光が差している。

光が……。

朝のまぶしい光の中、私はカバンから取り出した鏡とにらめっこ。
「大丈夫、泣いた跡は残ってない」
いつもより、多少厚化粧になったけれど、泣き腫らした目も何とかなった。
皆に心配かけるわけにはいかない。
じゃないな。もし、何故《なぜ》泣いたのか理由を聞かれたら困る。
それに、もう大丈夫。
一晩泣いたらすっきりした。

人間さ、絶望してると何もいい考えが思い浮かばずに、どんどん思考はマイナス方向にいっちゃう。

負の循環ってやつだよね。

昨日は危なかった。けど、月の光に少しだけ心が浮上した。

そして、考えたんだ。

ユータさんの生死はまだ分からない。死んでしまっていたら、話は聞けないけれど、生きていれば聞くこともできるよね？

捜せばいいんだ。

名前も、昔住んでた住所も分かってるんだもん。

例えば、ネットで捜せないかな？

フェイスブックやツイッター。やったことないけどチャレンジしてみる価値あるんじゃない？

何だっけ、拡散希望とか、そういうの？

それから、ちょっと出費は痛いけれど探偵に頼むっていう手もあるよね。

あとは、警察。って、警察には頼みようがないか？

見ず知らずの人が引っ越したから捜してほしいなんて、警察が動くわけない……。

とにかく、何も手がないわけじゃない？

そもそも、手紙がこうして戻ってきたからこそ、次の一手が打てるわけで。

もし、手紙が行方不明になって、ユータさんに届いていないことを知らないままだったら、もっと悲惨だったよね？

うん、よし。

私は、まだ運がいい。

戻ってきてくれてありがとう。転居先でわざわざ返送してくれた郵便屋さんありがとう。

それに、そもそもユータさんがいなければ、自分で帰る方法を探さないといけないわけなんだし。

神隠しの噂の場所というヒントをもらえただけでもありがたいと思わなくちゃ！


元気が戻ったら、とたんにお腹の虫が鳴いた。

昨日は夕飯抜きだったからなー。

朝食も昼食も食べたか食べないか分からないような感じにバタバタしてたし。

「リエス様、おはようございます。朝食はいかがなさいますか？」

いつもの時間、アジージョさんがドアの外から声を掛けてくれる。

待ってました！　朝食、朝食！

「もう、お体は大丈夫ですか？」

勢いよくドアを開けた私に、少し驚いた顔のアジージョさん。

「心配かけてごめんなさい。もう大丈夫です！」

という私の言葉は、お腹の鳴る音とハモッた。

うわーっ。盛大に鳴ったよ、お腹が！　恥ずかしい。

「もう、食堂に朝食の準備は整っていますよ」

アジージョさんが、笑顔を向けてくれる。

食堂へ行くと、すでに使節団の面々が席についていた。

あれ、私が最後？

「すいません、お待たせしてしまったようで……」

と、慌ててテーブルにつこうとすると、シャルトがすっと立ち上がり、私の手を取った。

「どうぞ、こちらへ」

「え？」

まるで、レディがエスコートされるように手を引かれ、花々が飾られた席へと案内される。

昨日までは、使節団は一つのテーブルの左右に分かれて座っていて、私は右側の三番目に座っていたのだ。

ところが、案内された席は、テーブルの正面、誕生日席だ。

言われるままに席に座ると、使節団の一同が皆立ち上がった。

何？　何が始まるの？

「今回の成功は、リエス殿あってのものです」

サマルーの言葉に続いて、使節団一同が「ありがとう」と頭を下げる。

「いえ、運が良かったんです。王都の皆さんや旅芸人一座の皆さん、たくさんの人が助けてくれたから……」

とても、私一人では成し遂げられなかったよ。

「我々は、リエス殿にどれだけ感謝しているか……どのように、この恩を返せばいいのか……」

使節団の一人が両手を広げて首を横に振った。

「あの、本当に、皆が一丸となったからこそ……」

使節団の面々だって、潤沢な資金提供の決断を早急に決めてくれたり、一座の動きを私に一任してくれたりした。もし私が失敗していたら、判断を下した人間が処罰されることだってあっただろう。だから、何もしなかったというわけではない。

すべての歯車が上手くかみ合ってこその成功だったのだ。

「リエスさん、貴方がどう思おうと、僕達が貴方に感謝しているという事実は変わりません」

シャルトがそう言ってから、片手を挙げ、上下にゆっくり三度振る。

それを合図に
「！」

使節団の皆が……。

声を揃えて、歌を歌い始めた。

ありがとうの歌だ。サニーネさんが歌うものとは違い、ハッピーバースデーの歌のように誰もが気軽に歌えるような歌。

それを、皆が声を揃えて歌ってくれている。

あの、歌を馬鹿にしていたチョビンも一緒だ。それに、歌が下手だからといつも困ったような顔をしていたシャルトも。

「あ～り～がとお～♪　リ～エ～～スゥ～～～～♪」

と、歌が終わったところで、皆の拍手。

涙がにじむ。普段歌を歌わないような人達が、私のために練習してくれたのかな？

目の前に飾られた花だって、きっとこのために準備してくれたんだ。

サプライズパーティーみたい。

「感謝の気持ちを伝えたくて……あまり上手ではありませんでしたが」

シャルトの言葉に
「ううん。嬉《うれ》しいです。皆さん、ありがとうございます……」

立ち上がってお礼を言う。

「シャルト様の提案だったんですよ。グランラの王都の皆がガンツ国王陛下のためにお祝いの気持ちを伝えたように、我々もリエス殿に気持ちを伝えられないかと言って」

官吏の言葉に、驚いてシャルトの顔を見た。

「そうなんですか？」

シャルトが照れたような顔を見せる。

「僕は、今まで礼というのは金銭もしくは何か価値のある贈りものをすることだと思っていました。今回のことで、それだけではないと学んだのです」

「シャルトさん……」

今までの自分の価値観を見直し、学ぶ。ああ、本当にシャルトはいい領主になるんだろうなぁ。

どんな領主になるのか、見てみたいな。

「シャルト、さん？」

官吏の一人が驚きの声を上げる。

うわっ、しまった！　うっかりまた、様じゃなくてさんで呼んじゃったよ！

「さぁー、せっかくの朝食が冷めてしまいます！　食べましょう！」

サマルーが大きな声を出して、皆を着席させる。

疑問の声を上げた官吏に、サマルーが何やら目線で合図を送っている。

シャルトも席につこうと歩きかけたところで、私のすぐ左側の前の席にいたチョビンが立ち上がって、シャルトの手を取った。

「どうぞ、こちらの席に」

シャルトが言われるままに席に座り、チョビンはシャルトが座るはずだった席へと移動する。

何だろう、官吏達の目が心なしか笑っている。

笑顔というよりは、にやぁっていう感じなんだけど。さん付けでシャルトのことを呼んじゃったせいだよね？

だめだなぁ、庶民は、きちんと貴族に対して敬意を払うこともできないのか！　っていう目かしら？

それを許しちゃうシャルトはお優しいなぁっていう目かしら？


グランラを発《た》つまではわりと忙しかった。

まず、街へ行ってマーサさんたちへのお土産を選ぶ。

流石、娯楽好きのガンツ王が治めるグランラ王都だけのことはある。キュベリアでは見かけないような面白いものがたくさんあった。マトリョーシカのような人形や、まるで夢の国のネズミのような巨大な手袋。一体何に使うんだろう？　見ようによってはグローブに見えないこともない。

結局、マーサさんとルーカにはおそろいのエプロン。ダンケさんには調味料。ダーサにはバンダナ。実用的なものばかりになっちゃったけどいいよね？

ラトへのお土産は何がいいかな？

……お米でいいよね？　うどんがあんなに好きなんだから、米も気に入ってくれるよね？

何を作ろうかな。

まずは、おにぎり？　もち米もあるから、餅も作れる。餅かぁ……。

大豆があるから、きな粉を作ってきな粉餅とか？

ああ、でも砂糖がない。砂糖が！　蜂蜜やメープルシロップの甘みで、きな粉餅大丈夫かな？

無難に餅チーズとかにしようかな。

お土産選びが終わると、紙の利用法を色々と教えて回った。祭りのときに作った紙がたくさんあるけどどうしようと相談を受けたからだ。

まずは、張り子の作り方を教えた。なんせ、祭りに熱を入れている人達だ。何年後かにはねぶた祭りみたいなのが開かれてるかもしれないなぁと想像すると、楽しかった。見られるかどうかは分からないけれどね。

凧《たこ》は、作り方をよく知らなかったのと、また軍事利用がどうのとなるとめんどくさいので教えなかった。

それから、障子！　やはり、一般庶民にはガラスは高価なため入手できない。冬になると日差しを入れるために窓を開けざるをえないが、外気が寒い。障子は光を通し、外気をさえぎってくれるからとても喜ばれた。

どうしても、見た目が和風になっちゃうのは致《いた》し方《かた》ない。

街から戻ると、お城に呼ばれて、ガンツ王との約束どおり、王子様達に紙飛行機の折り方を教えた。

他にも、色々と折り紙を教えたんだけど、やっぱり子供はすぐには覚えられないので、折って見せるのがメインになってしまった。

私の手元を見る目が真剣で、とってもかわいくて、連れて帰りたくなったよ！

チュリ様や侍女に好評だったのは、紙の器だった。ほら、生ゴミとか捨てるときに新聞紙とかで作るあれ。和紙のような紙で作れば、ちょっとした小物入れになるんだよね。

滞在日最後の夕方、女将さんをはじめ、お世話になった街の人達に挨拶をしてまわる。

その都度「食べてけ～」「飲んでけ～」「持ってけ～」と、何かを手渡された。ありがたいけれど、持ちきれない、食べきれないからとお断りいたしました。

それにしても、人懐っこくていい人達ばかりだね。

もう、キュベリアに帰るんだと女将さんに言うと、また来るんだよと背中を叩かれた。目じりに光るものを見て、私も涙がにじんだ。

そんなこんなであっという間に、グランラを発つ日を迎えた。

最後にガンツ王やチュリ様に引き止められ、冷や汗をかきながら、出立。

帰りの道中はといえば、一刻も早く朗報を伝えたいと、往路よりも速度を上げた。

旅芸人の団体も帰った後で、人数的にも動きやすいこともあり、問題がなければ一日は早く着くようだ。

馬を休ませる時間以外、休憩時間も食事時間も短め。

一座の皆は、国境を越えるまで三日だったわけだから、さらに早く移動したんだよね。

頑張ってくれたんだ。本当に感謝だよ。今度皆に会うことがあったら、酒でも奢ろうと心に誓う。


明日は国境を越えるという日の夜、荷物が一つ届いた。サンコーポ二〇一号室にだよ。

「ん？　誰から？」

小さな宅配便。差出人の名は山下さんだ。

ってことは、吾妻さんがらみに間違いない。

「何だろう？　またこっちに何か運んでほしいのかな？　特に連絡なかったけど？」

宛先は私だけど、本当の送り先が吾妻さんなら、人の荷物だ。

勝手に開けて問題になってもいやなので、そのまま玄関先に放置決定。クール便じゃないから冷蔵庫に入れる必要もないよね。

連絡のメールを書く。

『山下さんから、荷物が届きました』

それから、あと何を書こうかなぁと携帯を握っていたら、メールの着信あり。

見れば、吾妻さんからだ。うわー、すっごいタイミング。

『無事に、荷を受け取った。新しい携帯からだとメールアドレスが変更になる』

あ、無事に届いたんだ。よかった。

続いて、もう一通メールが届く。見知らぬメールアドレスから。

タイトル『吾妻です』

ははっ。わざわざ予告してから、別の携帯からメールしたのか。

タイトルあれば大丈夫だったのに。少し可笑《おか》しくなった。メールで笑ったのなんて、いつ以来かな。

開いてみると、いつものそっけない内容とは違い、随分長い！

携帯の充電を気にしないと、吾妻さんは実はおしゃべり？

『無事に荷物を受けとった。梱包にも気をつかってもらい感謝する。おかげで、何の問題もなく運搬できたようだ。動作を確認したが、どれも正常に動く。それから、太陽光充電器は有難い。そこまで俺も山下も気が回らなかった。大変助かる』

お礼文が続く。

いやーどういたしましてだよ！

そして、その後、改行を二つはさんで『おまえ、良い女だな』って！

ほ、褒《ほ》められた。

いやいや、まてまて！

よく気が回るいい女ってのはね、少し抜けたところのある女より、もてないんだよ！

「おまえは一人で大丈夫、あいつは守ってやらないと」とかいう理不尽さで、振られたりもする。

つまり、なんだ、褒め言葉が褒め言葉として受け取れないアラフォーですが、何か？　問題でも？

で、また改行四つほど空けて
『だが、酒の飲み方はもう少し考えた方がいいぞ』

？

酒？

なんだ、それ？

意味が分からない。

『俺の写真も送った方がいいか？』

は？　写真？

……？

……。

……！

「うわぁ――――っ！　うわわ――――っ！！！！！」

や、やだ、どうしよう！

吾妻さんに送ったＳＤカードに、昔の写真を何枚か入れたままだったんだ！　消去忘れた！

何の写真だっけ？　酒の飲み方？

いつの写真？

酒の席の写真？　どんな醜態さらした写真～！

ぎゃーっ、ぎゃーっ。

思い出せない。どんな写真が入ってたのか。

顔から火が出る思いで、メールを返信する。

『手違いで紛れ込んだ過去の写真は消去してください。山下さんから宅配便が届きました。まだ開封していません。どうしたらいいですか?』

写真はわざわざ送ったものではないということと、過去のものであること、そして消去してほしいことを忘れずに書く。

そして、話題をそらすために山下さんの荷物の件を記す。

すると、すぐに返信がある。ああ、充電気にしないメールのやり取りだと、まめだね、吾妻さん。

『荷物は、プレゼントだ。使ってくれ』

プレゼント?

そんなものもらう関係じゃないけど。

私の写真見て、惚れちゃった? なーんてね。時間軸が合わないからそれはない。山下さんへの手配と宅配便配達日数考えると、数日前にはプレゼントの準備してたんだろうし。

……っていうか、酒の飲み方を考えたほうがいいと言わせる写真って、どんなんだよ!

顔真っ赤のべろんべろん写真か? 一気飲みしてる勇猛な写真か? ろくな想像ができないんだけど。

荷物を開けるのがちょっと怖い。もらって困るものが入ってたらどうしよう。

カバンに両手を突っ込んで箱のテープをはがす。

出てきたものは、吾妻さんの電話番号とメールアドレス入りのスマフォだった。

『料金はこちらもちなので、いつでも好きなだけ連絡してください』と簡潔なメッセージが入っていた。

言っていいかな？

彼氏が彼女に携帯プレゼントするとか……。

何年前の流行だよ！

と、突っ込みいれる私と、吾妻さんは同世代？　もしくは年上ですか？　まぁ、彼氏彼女じゃないけどね！

っていうか、吾妻さんには、このスマフォ本体も月々の料金もはした金なのかなぁ？

メールには、九七〇万円の返金のこと何も触れてないけれど、同封した手紙読んだよね？

写真の話題とか持ち出してうやむやにしようとする大人対応？？

あー、何かよく分かんない。

どうしよう。どうメールすべきか。

しばらく考えて、メール入力。

『ありがとうございます。助かります。いざというときに使わせてもらいます。それではおやすみなさい』

いざというとき以外は電話しないよと暗にお断りメッセージを含めて。

これ以上メールのやり取りを続ける気がないことを、おやすみの言葉に込めて。

いざ、送信ボタン。


で、もらったスマフォは、充電器にさして電源オフ。


さぁ、明日は国境を越えてキュベリアに帰ります。

帰ったら、マーサさんたちにお土産を渡して、ラトにお米で何か作ってあげるんだ。

それから、日本へ帰るために、サパーシュに旅立つ準備をしよう。

グランラへの使節団が良い結果を出せたから、トルニープへの使節団にも混ぜてもらえるといいなぁ。

ちょっと明るい希望を胸に、おやすみなさい！


しかし、私の希望とは裏腹に、世界は動き出していた。

新しい局面へ向かって……。

番外編　ラトとおにぎり

お祝いの準備は着々と進んでいた。

紙作りも終わり、今は手分けして紙とたけひごで天灯《てんとう》用の提灯《ちょうちん》を皆で作っている。

「えーっと、何か足りないものはないですか？」

私は、リエスとして馬車を使わせてもらうこともできるので、必要なものがあれば近隣の街へ買い出しに行くことも可能だ。

「ありがとうよ。大丈夫だよ。薪も十分手に入ったし、たけひごも数は足りている」

女将《おかみ》さんの言葉に、それでも何か不足があってはと不安になり言葉を続ける。日にちがないのだ。念には念をいれたほうがいい。

「そうですか。あの、蝋燭《ろうそく》は足りますか？」

お祝いに使ってしまったら、次の日から明かりが足りないということはないだろうか。

「ふふっ。見せてあげるよ」

女将さんは楽しそうに笑うと、私を広場の少し先にある建物まで連れて行った。

「ほら、見てごらん」

言われて中を覗けば、大量の蝋燭があった。

「すごいっ……」

新品のものもあれば、使いかけのものもある。

「街の皆で、少しずつ溜めているのさ。例えば、夜に営業している店に行けば、家で使うはずだった蝋燭が節約できるだろう？　使ったつもりになって、店に蝋燭を持ち込むのさ」

そう言って、女将さんは建物の片隅に置かれた鳥籠ほどの大きさの箱を手にした。

「ここに、入れてもらうんだよ。今は、どの店にも大概置いてあるかねぇ」

ああ、あれだ。あれに似てる。コンビニのレジ横に置かれている募金箱に。

「一人一人、無理しない程度に少しずつこうして蝋燭を溜めているんだよ。お祝いできる日を楽しみにしながらね」

だから、使いかけの蝋燭もあったりするんだね。

「まぁ、蝋燭の節約を口実に飲みに来るやからも多いけどね！」

はははははっと、豪快に女将さんは笑い声を上げた。

現代日本に比べたら、娯楽といわれるものは少ないだろう。だけど、この街の人達は楽しみを見つけて、日々過ごしているんだなぁ。

やっぱりいい国だな、グランラって。王様も素敵だけど、国民も最高だ。

「そうそう、リエス、これ持っていかないかい？」

積み上げられた蝋燭の脇に、麻袋が一つあった。

「え？　いいんですか？」

思わず目が輝く。

麻袋の中身は、米だ！

提灯作りののりとして使うために買ったものだよね？

「でも、私がもらっちゃってもいいんですか？　街の皆さんで……」

「街の皆で分けるほどの量もなくてね、逆にどうしようかと思ってたんだ。リエスにもらってもらえれば、丸く収まるんだよ」

ああそうか。お米、おいしいもんねぇ。食べた、食べないで争いになると大変だ。ふふふっ。そういうことであれば、遠慮なくもらっちゃいますよ？

にんまりする私に、女将さんが声を潜める。

「正直、料理の仕方もよく分からなくてね」

な、なんですとーっ！　もったいない！

これは、ぜひとも米のおいしい食べ方を広めなければ！　そうすれば、おのずと栽培量も増え、流通も盛んになり、入手しやすくなるというもんだ！

って、まてまて。今はそんなことしてる場合じゃないよね。キュベリアに帰ってからキュベリアで広めよう。

そうだ、まずは、奴だ。

そう、食いしん坊万歳のあいつだ。


「少年ーっ！　待ったぞ、待ったぞ、待ったぞ、待ったぞー！」

小屋へ戻ると、入り口に座り込んだラトが駆け寄ってきた。いや、駆け寄るなんて生易しいものじゃない。

タックルだ！

全力ダッシュで飛びついてきたものだから、思わずラトともども倒れてしりもちをついた。

痛いっと思ったら、そうでもなく、ラトが私の体をかばうように半身を地面と私の体の間に入れていた。

かばうくらいなら、そもそもタックルしないでほしい。地面の上でぎゅっと私を抱きしめたままの状態で、再会を喜ぶラト。

……。幻の犬の尻尾と耳が見える。

ラトの尻尾は千切れんばかりにフリフリッ。耳も、嬉《うれ》しそうに後ろに寝かせてるっ。なんだかラトが、もふもふしたら気持ちよさそうな動物に見えてきた。

柔らかそうな金髪をそっとなでてみる。

うん、本物のもふもふほどじゃないけど、なかなかいい感じ。

満足げにしばらくラトの頭をなでていると、ラトがくんか、くんかと私の肩の辺りで鼻を動かした。

「少年、いい匂いする。でも、ちょっと別の男の臭《くさ》い匂いも混じってる。なんで？」

ぶっ。

お前は、犬か！

匂いをかぐな、かぎ分けるな！　別の男の匂いって、ミリアの街まで送ってくれたトゥロンの匂いのことか？

臭いとか失礼だぞっ！

ラトの腕を抜け、立ち上がって服に付いた土を払う。

「ラトの匂いじゃない？　これだけ抱きつけば、匂いも移るよ」

トゥロンを臭いといわれた腹いせに、ラトを臭い犯人に仕立て上げる。

「え？　ご、ごめんよ、少年。臭かったか？　そうか、私が臭いんだな……そういえば、二日間ずっとそこに居たから、着替えてなければ水浴びもしてないからな……」

は？

そこって、小屋の前に二日間居たって言うの？

「いつ帰ってくるかも分からないのに、ずっとそこで待たない。ちゃんと家に帰って食べて寝ること！　約束して！」

私が急に怒ったものだから、ラトがぽかーんとしている。

ラトが小屋の前で倒れでもしたら、困るの私だから！

……。ラトのこと心配しながら旅したくないよ。

「そもそも、仕事は？」

確か、お城で前に騎士っぽい格好して立ってたよね。

「休みが取れたから、来たんだ……」

よかった。クビになったわけじゃないんだ。薔薇《ばら》のヒト～って追いかけたりしてたけど大丈夫だったんだね。

「あのね、暗くなったら、ぼくも山道は危険だから帰ってこないよ？　だから、夜もずっと小屋に居ても無駄だからね？」

ラトは怒られたことにしょぼんとしているが、納得した表情はしていない。

「待ちたいんだ、少年のこと……」

そうなんだ、そんなに私のこと……とか、思わないから！　殊勝なこと言ってもほだされないからね！

ユータさんのことがあって、帰ってくるか不安だからだよね？　私のことを一〇〇パーセントで思ってるわけじゃないでしょ。

ハッ。そうだ。ユータさんだ。

「ユータさん、言ってなかった？　故郷の言葉で、『果報は寝て待て』というのがあるんだよ」

「かほーは、ねてまて？」

「そう。いい結果の報告は、寝て待つと訪れるというような意味」

まぁ、本当は違うけど。

「そうか、なるほど、分かった。小屋の前じゃなくて、馬小屋のベッドで寝て待てばいいんだな！」

ちーが————うっ！

「ちゃんと家に帰って寝ろって意味。焦って現場をうろうろしても果報は来ないって意味！」

それもちょっと違うけど。

「と、に、か、く、帰ってきたら、ラトの顔を見るまで次にどこかへ行ったりしないから、何日も小屋で待つようなことしないでくれる？　だいたい、食べるものとかどうしてるの？」

ラトは、腰にぶら下げた袋を開いて見せた。

干し肉と、硬い乾パン。それと、干した果物。食いしん坊万歳にしては、実に質素な食事だ。

「少年～お腹空いた～。うどんが食べたい」

おお、早速《さっそく》来たか。

「今日はうどんは作らないよ」

という言葉に、ラトの幻の犬耳としっぽが垂れ落ちる。

「でも、ご飯は作るから、ちょっと待ってて」

と言えば、今度はラトの幻の犬耳がピンと立ち、しっぽも揺れ始める。

……。と、幻の犬耳としっぽが見えるくらい、ラトの表情は分かりやすく変わる。

大丈夫か、ラト。そんなんで社会人生活ちゃんと送れてるのか？　上司にいやな仕事頼まれても、それを顔に出すもんじゃないぞ？

さてと。

小屋の中に入る。しばらく使っていなかったから、あちこち埃《ほこり》っぽい。だけど、掃除は後。

まずは、お腹を空かせた子犬にエサをあげなくちゃ。って、違う、違う。小屋の持ち主を接待しなくちゃいけないからね。

ラトがいるから、水をカバンで調達するわけにはいかない。

「ラト、水を汲《く》んできてくれる？　それから、これもよく洗ってきて」

水がめとお釜を手渡すと、ラトは鼻歌交じりに出て行った。

そんなにご飯にありつけるのが嬉しいのか。

このすきに、カバンの中に頭を突っ込んで、ボールに米を出して水道で洗う。

「水、汲んできた」

うわっ、ラト、早いな！　って、ちょっと肩が上下してますが、走って行ってきたの？　どんだけご飯が楽しみなんだ？

「じゃあ、次は火をおこしてもらえる？」

すごいおぼっちゃまだと思われる貴族を顎でこき使っても大丈夫かと、初めは思った。けれど、うどんを食べに来るたびに「働かざるもの食うべからずとユータに聞いた」と、何かを手伝おうとしては邪魔をする。仕方がないから、ラトにできそうなことを頼むことにした。

それが、水汲みだったり、火おこしだったり。

ラトが竈《かまど》の下でしゃがみこんで火をおこし始めたので、洗ってきてもらったお釜に米を入れて、水を入れて最後にもう一度洗い、水を流す。

水を入れて、準備完了。

「火、ついたよ」

「早いね？」

びっくり。貴族だけあって、火なんておこしたことのないラトは、いつももっと火をおこすのに時間がかかるのに……。

ラトは、自慢げな顔を見せる。

もしかして、グランラに行ってる間に練習してた？

うん、でも、時間がかかると思っていたので、少々誤算だ。

「そのお釜を竈に運べばいい？」

ラトがお釜に手を伸ばすが、ラトの手が届かないようにお釜を持ち上げて後ろを向く。

「まだ、早いよ。三十分くらいしてから火にかけるんだ」

私の言葉に、ラトがガッカリした顔をする。

「さ、さ、三十分？　せっかく、早く火をおこせるように特訓したのに……」

やっぱり練習したんだ。しかも特訓って……。食いしん坊の底力侮りがたし。

「でも、火があればお湯を沸かしてお茶が飲めるよ。ありがとう」

土間にしゃがみこんで「の」の字を書き出しそうだったので、さっさとお礼を言ってお茶の用意を始める。

「ところで、今日は何を作るのだ？」

「おにぎりだよ」

海苔もないし、具材の用意もしていないから、ただの塩おにぎり。ラトの口には合わないかもしれないなぁ。私にはご馳走だけどさ。

「おぎにり～？」

おにぎりだよ。おぎにりじゃないよ。

ラトの目がランランと輝く。

「お、お、おぎにりといえば……」

いや、だから、お・に・ぎ・り。

「ユータが食べたいとずっといい続けていた、あの伝説の！」

どんな伝説だ！

「た、た、た、大変だ！　ユータの仏壇にお供えしなくちゃっ！」

は？

ユータさんの仏壇？

「ユータさん、死んじゃったの？」

日本に帰ったんじゃないの？

私の驚きの言葉に、ラトは眉を寄せて言葉を返した。

「縁起でもない。ユータは死んでないっ！」

いや、ラト、お前が言ったんだぞ。

「でも、今ユータの仏壇って……」

ラトは、小屋の奥の押入れの扉を開けて、ランドセルくらいの大きさの木箱を取り出した。

箱の正面は観音扉になっていて、それをあけると、確かに小さな仏壇に見えないこともない。

障子風の窓とか、掛け軸っぽいものとか、色々作っていたユータさん、まさか仏壇まで作っていたとは……。

「ユータが大切にしていた仏壇だよ」

「ユータは、よく仏壇の前で手を合わせて話をしていたんだ。会えない人に感謝の気持ちを伝える道具だと言ってた」

ああ、まぁ、亡くなって会えなくなった人に「見守ってくださりありがとうございます」とか感謝の気持ちを伝えるといえば、間違いではない。

「えーっと、お供えって？」

「ユータは、手を合わせるときに、いつも食べ物をお供えしていたんだ。あるときは、うどん。またあるときは肉を。日によってバラバラだったけど、よくこんなことを言っていた。『本当はご飯をお供えするんだ。お仏飯《ぶっぱん》っていうんだよ。子供のころは、僕の毎朝の仕事だったんだよ』と。懐かしそうな顔をして言っていた。『お米を見つけたらおぎにりにして供えるんだ』と」

へぇー。ユータさんって、信心深いのかな？

ううん、違うかもしれない。こっちの世界に来て、今まで特に何も思わなかった日本の風習とかを思い出して、郷愁と共に大事にしたいと思ったのかも。

「ユータの思い、おぎにいを、私が代わりに供えるんだ！」

おにぎりだってば。おぎにりから、おぎにいになってるよ。

「しかし、こうしちゃいられない。おぎにいを供えるとなれば、正式に手を合わせなければ」

正式？

数珠《じゅず》でも手に持つのかな？

「蝋燭がいる！」

ああ、そうだね。

「蝋燭が千個」

は？

「何がいるって？」

「蝋燭が千個だ！」

ちょい待て、待て。

蝋燭が千個じゃなくて、蝋燭と線香の間違いだろっ！

「すぐに用意しなくては！　少年、すまん、蝋燭を準備してくるから、手伝えなくなった。一人でおぎりにを作って待っててくれ」

「ラトッ！」

小屋のドアを勢いよく開けて、口笛を吹くラト。

呼び止めようと声をかける。ラトは、何処《どこ》からか現れた馬にひらりと飛び乗ると、振り返った。

「少年、おぎりに、楽しみにしているぞ！」

ちょっと待てって！

ラトは、馬で颯爽と駆けていった。

言いたいことは、色々ある。

おにぎりだ！　おぎりにじゃない！

蝋燭は一本でいい！　千個じゃなくて線香だ！

それから、グランラでもらった蝋燭があるから取りに行く必要はない！

っていうか、蝋燭千個もどこに立てる気なんだ？

ラト、小屋を燃やす気じゃないだろうな！

っていうか、ユータさん、なんでいつも情報がどこかで捻《ね》じ曲がって伝わってるの？

突然現れた千個の蝋燭の炎が、どんどん大きくなり巨大な火柱となって……。

た、たすけて――っ！


アジージョさんが朝、起こしてくれた。

「うなされていたようですが、大丈夫ですか？」

正夢になるような気がして仕方がないから、おにぎりを作ってあげるのを再考しようと思う。

番外編　サニーネ視点

馬車に揺られながら、馬上の娘の姿を見る。

貴族様に支えられ、微笑む娘。

心の奥がざわざわとかき乱される。

馬鹿な娘。服装こそ地味なものだが、私綺麗でしょといわんばかりに、顔にはしっかりメイクが施されている。

国を代表する使節団に、意中の娘を連れてくるような貴族様だ。頭の中も知れているだろう。そういう男どもの思考はいたって簡単さ。

若くてかわいい娘が好き。

もっとかわいい娘がいれば、今度はそっちが好き。

上手にちやほや褒《ほ》めてくれる女性がいれば、それも好き。

だけど結局、親が薦める女性が一番重要。

庶民の娘は、結局遊ばれて捨てられるのが落ちさ。

「サニーネ団長、休憩中どうしますか？」

馬車が止まり、お茶休憩の時間になった。他の一座は、皆、早々にお茶を飲み干すと芸を磨こうと練習を始める。

「そうさねぇ……。皆はどう思う？」

私達は練習しなくていいのか？　練習しましょうという者は一人もいない。

お茶をすすりながら、どこか不安げな目を揺らす。

今回の目的が、グランラの王様を驚かす芸を見せるということだと皆も知っているからだろう。

アタシたち銀の羽座は、歌と劇を見せる一座だ。歌や劇で楽しませることはできても、驚かせることなどできるはずがない……。そう分かっているから、王様に芸を見せることに不安を感じているのだ。

返事のないまま、ただ時間だけが過ぎる。

そこに、あの娘が手にカップを持ってやってきた。

「あの、ご一緒してもよろしいですか?」

貴族に気に入られた娘は、意外にも丁寧な言葉で私に話しかけてきた。

そう、意外だ。

貴族の寵愛《ちょうあい》を受けた者は、自分は特別なのだと勘違いしがちだ。だから「遊ばれてるだけだ」というような忠告になど耳を貸さない。

私は特別だ。私も貴族と同等の価値のある人間だと思い込んだ人間は、嫉妬《しっと》した人間が悪く言っているだけだと思い込むのだ。

だから無駄な忠告などせず、少しの皮肉を込めてこう呼んだ。

「リエス様」

同じ庶民の立場でありながら、様をつけて。

「どうぞ」

席を立ち、席を空ける。

「ありがとう。あの、私のことは、様をつけなくてもいいですよ?」

娘は、驚くようなことを言った。

お礼の言葉もそうだし、様をつけなくてもいいということも。

「私も、皆さんと同じで、今回、ガンツ王に芸（メイク）を見せるために同行している一庶民ですから」

本気の言葉だろうか？

あれほど、貴族の寵愛を受けておきながら、それでも自分が特別であるという意識はないのか？

今まで見てきた、多くの若い娘達とは違うというのだろうか？

かつてのアタシとは……、違うのだろうか……。

「え？　あなたは、シャルト様の特別な方では？」

つい、特別という言葉を用いて尋ねた。

歌姫として、多くの貴族のお屋敷で歌を披露していた若き日……。

ある日、とある子爵様から声がかかった。

二ヶ月はそれは幸せな日々だった。

私は、子爵様に見初められた。将来は子爵夫人になる身なのだと、歌うことよりも別のことに目がいくようになった。それが三ヶ月目。人一倍着飾り、自慢げに街を歩いた。

そして、四ヶ月。子爵様の隣には別の娘の姿があった。

半月、子爵様に泣きすがった。

そのまた次の半月は死人のようにふらふらしていた。

三ヵ月後、ぼんやりと街の片隅に座り込んで歌を口ずさんだ。誰かが拍手をしてくれた。涙が流れた。

私には歌がある。

目いっぱい努力をして、歌声を磨いた。

そして五年。銀の羽座を作った。

さらに三年。ついに馬車付き一座の仲間入りをした。

「シャルト様の叔母様にお世話になっているので、気遣ってもらっていますが、私自身は何も特別ではないですよ？　だからリエスと呼んでください」

娘の言葉に三度驚かされる。

もしかして気がついてないのかい？　あんなに分かりやすい貴族様の気持ちに……。

貴族様も、かわいそうに。

いや、でも、そのおかげで娘が遊ばれることもないのであれば、良かったというべきか……。

「アタシは、銀の羽座の座長、サニーネ。よろしく、リエス」

そう、今の私は貴族にもてあそばれ、勘違いしていた馬鹿な娘じゃない。

歌を誇りにした、銀の羽座の座長だ。

「サニーネさんたちは、練習しなくても大丈夫なんですか？」

そうか、リエスはそれが気になって話しかけてきたのか。

アタシは自嘲気味に答えた。

「歌や音楽でどう驚かせろと言うのか……」

リエスとの会話で、私は四度目の驚きを覚える。

歌や音楽なんか、今回の目的には何の役にも立たないと、そう思われても仕方がないと思っていた。

驚かすことができないんだから、無駄だと。

それなのに、リエスは言う。

歌や音楽は必要だと。

歌や音楽だけでは無理でも、歌や音楽を他の一座の芸に加えることで驚かすことに役立つと。

ああ、なんてことだろう。

アタシ自身が「歌なんて」と、歌を馬鹿にしていたのだ。

私の誇りである歌を、貶《おとし》めていた。

国一番だと自負していながら、心の奥底では馬鹿にしていたなんて。若かりしころの馬鹿な娘から、まだ成長できていないなんて。

リエスが気づかせてくれた。

リエス、あんたはきっと、私みたいな馬鹿な娘にはならないんだろうね。

たとえシャルト様の寵愛に気がついたとしても、きっと幸せを掴《つか》み取ることができるんだろう。


道中、歌を馬鹿にしている人間をギャフンと言わせるんだと、リエスがある作戦を持ちかけてきた。

ギャフンというのがどういう意味なのかは未だに分からないけど、リエスには何度も驚かされる。

「トゥロンはね、サニーネさんのことかばってくれたんですよ」

あるとき、思い出したようにリエスが笑い出した。

「トゥロン？　ああ、護衛の……少し猫背だけど、なかなかの色男だね？」

「そうです。あのときのチョビンの顔、サニーネさんにも見せてあげたかったなぁ～」

リエスは、思い出し笑いを終えると、ちょいと何かを考えるしぐさを見せてから、手を打った。

「サニーネさん、トゥロンのことどう思います？　時々、サニーネさんの歌う姿をじっと見てるでしょ？」

「そうなのかい？」

「トゥロンのお母さんが歌姫だったんですって！　だから見てしまうようなこと言ってたんだけど、一度トゥロンと話とかしてみては？」

何だ？　リエスは、アタシとトゥロンの仲を取り持とうとでも考えたのかい？

ばればれだけれど、お世話になってるリエスの言葉だ。気がつかないふりをして、のってあげるとするかな。

「そりゃいいね。トゥロンとは気が合いそうだ。いっそのこと狙ってみようかね？」

リエスは、アタシの言葉を聞くと、トゥロンのいいところを説明し始めた。でも、出てくる言葉は結局「いい人」ばかりだ。

男としての魅力を語るには、もっと他の言葉もあるだろうに。

どうやら、リエスは男というものがまだ分かっていないようだね。

機会があれば色々と教えてあげよう。

さらに驚かされたのは、街でお祝いの行事をする計画を明かされたときだ。

「旅慣れた皆さんだから、お願いしたいことです」

そう言って、リエスは話を始めた。

「紙だかなんだか知らないけれど、誰も知らない技術をグランラの人達に教えるだって？」

他の一座の皆もざわついている。

ことの重大さが分かっていない連中もいるようだが、動揺している者の様子からただ事ではないということだけは理解しているようだ。

「キュベリアや他の国も知らない技術……それをグランラに教えるなんて……キュベリアを、国を裏切るつもりかい？」

ある者の言葉に、リエスは黙って首を横に振った。

そうだ。リエスは、そんなことをするような人間ではない。

「分かっているのかい？　リエス……」

アタシは、周りの人の言葉を制し、ゆっくりと言葉を発した。

「もし、グランラがその技術を独占しようとしたら、どうなるか……」

「技術を知る者、つまり私をグランラに留めておこうとするか、もしくは……」

リエスは、大したことでないふうに言葉を続ける。

「口封じに私をどうにかするかもしれません」

「分かっていて、何故《なぜ》」

「戦争が起きるよりは、マシです」

「だけど、リエス、何も命をかけなくても！」

つい大きくなった声が、部屋に響く。他の誰もが口を固く結んでいた。

一瞬の静けさの後、リエスがにっこり笑った。

何故、この場面で笑えるのか。

「死ぬつもりはありません。えーっと、だから、皆さんにお願いしたいことがあるんです。お祝いまで三日しかありません。いえ、実質二日と少し。その間に、国境を越えてキュベリアへ行くことは可能ですか？」

皆がそれぞれ顔を見合わせる。

キュベリアとの国境からグランラ王都まで、来るときは四日の行程だった。

しかし、それは貴族や官吏達の旅のスピードだ。馬車があまり揺れないようにとスピードに気をつけ、夜はちゃんと宿に泊まり、疲れないようにゆっくりとした休憩を挟む。

「大丈夫だ。分かった、先にキュベリアに戻り、技術を伝えてしまえばいいんだね？」

そういうアタシの言葉に、ガンダ座の一人が水を差す。

「技術を知ってしまえば、俺らの身も危険だってことだろ？」

「ふんっ。いいさ、自分の身がかわいいなら、無理しなさんな」

「あのっ、サニーネさん、サニーネさんも無理しないでください。よく考えてほしいんです。命は……、チュリ様に頼み込んで助けます。チュリ様ならば、きっと聞き入れてくれるはずです。ですが……」

リエスは正直に状況を説明しようとしてくれる。

「失敗すれば、グランラから出られないってわけだろう？　心配しなさんな。旅芸人は根なし草みたいなもんさ。興行する国が、キュベリアからグランラに移るって、ただそれだけのことさ」

リエスには、歌のすばらしさを再認識させてもらった。この恩をこれで返せる。

「リエスが言ったように、キュベリアに帰れないかもしれないんだ。無理にとは言わない」

銀の羽座の皆の顔を見回して返事を待つ。

「サニーネ団長、私は団長についていきます！」

「身寄りのないアッシに芸を仕込んで食べさせてくれた団長と離れるわけないじゃないっすか」

「行きましょう！　二日もあれば余裕です」

大きくうなずいて、リエスに視線を戻した。

「ふふふっ。リエスは、本当に次から次へと、楽しませてくれる！」

新しい技術を一番に世に広めるなんて、そんな大仕事に関わらないなんて損だよ。

このアタシたちが、世の中を動かし、後世に名を残すかもしれないなんてねぇ。

「この銀の羽座はもちろん協力させてもらうよ！　こんな面白いことに参加しない手はないからね！」

リエスのお礼の言葉に続けて「で、他の皆はどうする？」と他の一座に声をかける。

「条件がある。必要最小限の荷物で出発したい。グランラに残した荷物を後で届けてくれるか？」

デュカルフ座の問いに、リエスが「必ず」と答えたのを見て、目の下に小さな傷跡がある団長がにやりと笑いを浮かべる。

「デュカルフ座は協力するよ！」

それを合図に、他の一座も次々に協力を申し出た。

最終的にはすべての一座が名乗りを上げた。

その後だ、さらにリエスはアタシを驚かせる。

なんと、髪の毛を外したのだ！

下からは、まるで少年のような短い黒い髪が現れる。

まぁ、劇でも簡単なかつらを使うことがあるけれど、あんなによく出来たかつらなんて初めて見たよ。今度、どこで手に入れたのか聞かないとね。

驚くのはそれが最後かと思えば、まだあった。

再びリエスと会うと、まるで別人の顔をしている。かろうじて、髪の色と声でリエスだとは分かったけれど、化粧を落とすと全く違う顔だ。

これは、じっくりとメイク法を教えてもらわなければいけない。

「リエスの芸」と言っていた「メイク術」がこれほどのものとは。

シャルト様は、なにも一緒にいたくてリエスを連れて来たわけじゃないんだ。疑って悪かったね。

そして、化粧を落としたリエスの姿を、トゥロンがいつもと違う目で見ていた。

あの目は……。

「トゥロンは化粧をしているときと、化粧を落としたときと、随分違う目でリエスを見るんだね？」

と思わずリエスに声をかける。

リエスは「別人だと思ってるみたいなんで」と苦笑い。

え？　そうなのかね？

化粧をしているときは、シャルト様に気遣って、平静を装っているんじゃないのかな？

化粧を落とした姿のときは、遠慮なく感情を向けていると、そういうことだとおねーさんは思うのだけど？


「前に、トゥロンを狙ってみるって言っていた話、あれは撤回するよ」

「え？　どうしてですか？　トゥロン、ちょっと色々な女の人に声かけたりしてるけど、でも、あの」

うん。

分かってるさ。

トゥロンは陽気なふりしてるけど、闇を抱えてる。それが何かは分からないけどね。

女にだらしないわけじゃない。誠実な男だよ。

「しっかし、リエスは本当に、にぶいねぇ～」

カラカラと笑いながら、世紀の大事業、紙の伝道師となるべく、アタシは一歩を踏み出した。

無職独身アラフォー女子の異世界奮闘記　2

＊本作は「小説家になろう」（http://syosetu.com/）に掲載されていた作品を、大幅に加筆修正したものとなります。

2015年5月20日　第一刷発行

著者 ……………………………………… 杜間とまと

イラスト ……………………………………… 由貴海里
発行者 ……………………………………… 及川 武
発行所 ……………………… 株式会社フロンティアワークス
〒173-8561　東京都板橋区弥生町78-3
営業　TEL 03-3972-0346　FAX 03-3972-0344
アリアンローズ編集部公式サイト　http://www.arianrose.jp
編集 ……………………………………… 末廣聖深
装丁デザイン ……………………………… ウエダデザイン室
印刷所 ……………………………… シナノ書籍印刷株式会社